Histoire de Khady Demba

Trois femmes puissantes

Première de couverture : Luc Kordas/Millennium Images, UK.
Deuxième de couverture : Photo Denise Andradev © Vik Muniz, Adagp, Paris, 2022.
Troisième de couverture : Courtesy of Pest Control Office, Banksy, Calais, 2015.
Page 96 : Gilles Bassignac/Divergence.
Page 135 : *L'Odyssée d'Hakim*, tome 2, de Fabien Toulmé © Éditions Delcourt, 2019.

170 *bis*, boulevard du Montparnasse, 75680 Paris Cedex 14

ISBN 979-10-358-2257-6
ISSN 2104-9610

CLASSICOLYCÉE

Histoire de Khady Demba

Trois femmes puissantes

MARIE NDIAYE

Dossier par Sophie Yavari
Agrégée de lettres modernes

BELIN ■ GALLIMARD

Sommaire

Le tour du récit en 8 fiches

Groupements de textes

Vers le Bac

Fenêtres sur... 156

Des ouvrages à lire, des pièces de théâtre, des films à voir, des émissions de radio et des podcasts à écouter, des sites Internet à consulter, des chansons à écouter

Pour entrer dans l'œuvre

Norah, Fanta, Khady. Voilà les trois femmes dont Marie NDiaye retrace le destin dans son roman *Trois femmes puissantes* publié en 2009, et pour lequel elle a reçu la même année le prix Goncourt. La romancière, née d'un père sénégalais et d'une mère française, écrit alors depuis plus de vingt ans mais, pour la première fois, elle choisit de faire de l'Afrique le cadre principal de son récit. Le lecteur suit, au sein de trois histoires juxtaposées, des personnages féminins en proie à de terribles difficultés personnelles, familiales, ou conjugales.

Après la publication de son roman *Rosie Carpe* en 2001, Marie NDiaye avait déclaré dans une interview qu'elle n'avait « plus envie d'évoquer uniquement des femmes que la société ballotte, qui se font toujours avoir... ». Or, si à première vue son roman *Trois femmes puissantes* met en scène des héroïnes vulnérables ou en souffrance, Norah, Fanta et Khady font preuve d'une force intérieure exceptionnelle.

1967 Naissance de Marie NDiaye

2001 Obtention du prix Femina pour *Rosie Carpe*

2003 *Papa doit manger* entre au répertoire de la Comédie-Française

2004 Création de l'agence Frontex, qui protège les frontières extérieures de l'Union européenne

1995 Mise en place de l'espace Schengen

La dernière partie du roman, reproduite dans ce volume, évoque le destin tragique de Khady Demba, jeune veuve sans enfants que sa belle-famille souhaite voir partir. Le lecteur avait déjà pu croiser ce personnage dans le premier volet de *Trois femmes puissantes* à la manière d'une figurante, très jeune domestique au service du père de Norah. Marie NDiaye retrace ici l'errance de la jeune femme, contrainte de quitter des lieux qui lui sont familiers pour s'engager dans une aventure migratoire qui lui échappe par bien des aspects. Mais c'est au cours de ce voyage sans retour que l'héroïne va aussi découvrir une forme de liberté. En choisissant d'adopter le point de vue de Khady Demba, la romancière est au plus près de l'expérience de son personnage. Elle invite ainsi le lecteur à éprouver à son tour le désarroi, la confusion, et l'égarement de la jeune migrante. Au sein d'un récit réaliste, Marie NDiaye parvient également à ménager quelques échappées vers le fantastique, amenant le lecteur aux lisières du surnaturel.
À travers le portrait de ce personnage en déroute, traversant pays et frontières sans espoir d'arriver à destination, le récit de Khady Demba semble plus que jamais entrer en résonance avec l'actualité. Un texte poignant, qui invite à réfléchir sur notre humanité.

2009
Obtention du prix Goncourt pour *Trois femmes puissantes*

2011
Début de la guerre civile en Syrie

2013 Naufrage d'une embarcation de migrants au large de Lampedusa (île italienne)

2016 Le navire *Aquarius* intervient en Méditerranée pour secourir des migrants

2018 Appel de Saint-Malo : des écrivains défendent le droit d'hospitalité

2021
Succès de sa pièce, *Royan. La professeure de français* au Festival d'Avignon

Lorsque les parents de son mari et les sœurs de son mari lui dirent ce qu'ils attendaient d'elle, lui dirent ce qu'elle allait être obligée de faire, Khady le savait déjà.

Elle avait ignoré quelle forme prendrait leur volonté de se débarrasser d'elle mais, que le jour viendrait où on lui ordonnerait de s'en aller, elle l'avait su ou compris ou ressenti (c'est-à-dire que la compréhension silencieuse et les sentiments jamais dévoilés avaient fondé peu à peu savoir et certitude) dès les premiers mois de son installation dans la famille de son mari, après la mort de celui-ci.

Elle se souvenait des trois années de son mariage non comme d'une période sereine, car l'attente, le terrible désir de grossesse avaient fait de chaque nouveau mois une ascension éperdue[1] vers une possible bénédiction puis, quand les règles survenaient, un effondrement suivi d'un morne découragement avant que l'espoir revienne et, avec lui, cette montée progressive, éblouie, pantelante[2] le long des jours, tout au long du temps jusqu'à l'instant cruel où une imperceptible douleur dans le bas-ventre lui apprenait que cette fois ne serait pas encore la bonne – non, certes, cette époque n'avait été ni paisible ni heureuse, puisque Khady n'était jamais tombée enceinte.

1. **Éperdue** : désespérée.
2. **Pantelante** : qui provoque une émotion intense, épuisante.

Mais elle songeait à elle-même alors comme à une corde tendue à l'extrême, vibrante, solide, dans l'espace limité et ardent de cette attente.

Il lui semblait ne s'être préoccupée de rien d'autre, durant trois ans, que de soumettre son esprit au rythme de l'espoir et de la désillusion, afin qu'à cette dernière (le pincement au creux de l'aine[1]) succédât très vite le regain[2] obstiné, presque absurde de la confiance.

– Ce sera peut-être le mois prochain, disait-elle à son mari.

Et il répondait gentiment: « Oui, certainement », attentif à ne rien lui montrer de sa propre déception.

Car ce mari qu'elle avait eu avait été si gentil.

Il l'avait laissée, au sein de leur existence commune, devenir cette corde follement étirée que faisait trépider[3] la moindre émotion, et il l'avait entourée de prévenances[4] et de paroles prudentes, délicates, exactement comme si, occupée à créer, elle avait eu besoin pour l'accomplissement de son art, la mise en forme de son obsession, d'une atmosphère de muette déférence[5] autour d'elle.

Jamais il n'avait protesté contre la présence envahissante dans leur vie de cette grossesse qui ne venait pas.

Il avait joué son rôle avec une certaine abnégation[6], se diraitelle plus tard.

N'aurait-il pas été en droit de se plaindre du peu d'égards avec lequel, la nuit, elle l'attirait à elle ou le repoussait selon qu'elle pensait que la semence de son mari serait utile ou inutile à cette période, du peu de précautions qu'elle prenait pour lui signifier

---

1. **Pincement au creux de l'aine**: symptôme lié au cycle menstruel, douleur dans le bas-ventre à l'apparition des règles.
2. **Regain**: renaissance.
3. **Trépider**: s'agiter, remuer.
4. **Prévenances**: initiatives d'une personne qui va au-devant des besoins et des désirs d'autrui.
5. **Déférence**: considération, respect.
6. **Abnégation**: forme de sacrifice, de renoncement de soi.

qu'elle ne voulait pas, si le moment était infécond, faire l'amour avec lui, comme si un tel déploiement de vaine énergie pouvait nuire au seul dessein[1] qu'elle avait alors, comme si la semence de son mari constituait une réserve unique, précieuse, dont elle était la gardienne et dans laquelle il ne fallait en aucun cas puiser pour le plaisir, le seul plaisir ?

Son mari ne s'était jamais plaint.

Khady, alors, n'y avait vu nulle bravoure car elle n'aurait pas compris qu'il pût se plaindre ou simplement ne pas trouver légitime, obligatoire, exaltante l'ascèse[2] à laquelle, dans un sens et bien que le nombre de leurs rapports sexuels fût élevé, les contraignait cette folie d'enfantement.

Non, assurément, elle n'aurait pas compris cela à l'époque.

Ce n'est qu'après la mort de son mari, de cet homme si bon, si pacifique qu'elle avait eu pour mari trois ans durant, qu'elle prit la mesure de la patience de cet homme, une fois que, arrachée à sa hantise, elle fut redevenue elle-même, celle qu'elle était avant son mariage et qui avait su précisément apprécier les qualités de vaillance et de dévouement de cet homme.

Elle en éprouva alors une très grande peine et du remords et presque une haine contre cette volonté hallucinée qui avait été la sienne de se trouver engrossée, qui l'avait rendue aveugle à tout ce qui, cette volonté, ne la servait pas, en particulier le mal dont son mari avait souffert.

Car n'avait-il pas fallu qu'il fût malade depuis un certain temps déjà pour mourir aussi brutalement, au petit matin d'une pâle journée de saison des pluies, à peine s'était-il levé comme d'habitude pour aller ouvrir la buvette qu'ils tenaient, Khady et lui, dans une ruelle de la médina[3] ?

---

1. **Dessein** : projet.
2. **Ascèse** : discipline, effort qu'une personne s'impose pour atteindre une perfection spirituelle ou morale.
3. **Médina** : dans les pays d'Afrique, la vieille ville, par opposition aux quartiers neufs.

Il s'était levé puis, dans un soupir étranglé, presque un sanglot mais contenu, discret comme l'était cet homme, il s'était écroulé au pied du lit.

Tout juste éveillée et encore couchée, Khady n'avait pas imaginé d'abord, pas un instant, que son mari était mort.

Elle s'en voudrait longtemps d'une ombre de pensée qu'elle avait eue – oh, à dire vrai, elle s'en voulait encore plus d'un an après: quel désagrément s'il venait à être mal en point en ce moment précis, car les règles de Khady remontaient à deux bonnes semaines, elle sentait ses seins légèrement plus durs et sensibles et supposait donc que son ventre était fertile, mais si cet homme était indisposé au point de ne pouvoir ce soir-là faire l'amour avec elle, quel gâchis et quelle perte de temps, quelle affreuse déconvenue[1] !

Elle s'était levée à son tour, s'était approchée de lui et lorsqu'elle avait compris qu'il ne respirait déjà plus, recroquevillé, les genoux presque au menton, un bras coincé sous sa tête et la main ouverte, paume en l'air innocente, vulnérable, et pareil alors, s'était-elle dit, à l'enfant qu'il avait dû être, menu et brave, jamais contrariant mais clair et droit, et solitaire et secret sous ses dehors liants[2], elle avait saisi cette paume candide, l'avait pressée contre ses lèvres, son front, ravagée par tant d'honnêteté – mais là encore la douleur stupéfaite le disputait en son cœur à l'exultation[3] pas encore retombée, pas encore informée, qui l'enveloppait tout entière quand elle pensait être en période d'ovulation, et dans le même temps qu'elle courait chercher de l'aide, s'engouffrait chez une voisine, les joues ruisselant de pleurs qu'elle ne sentait pas, cette part d'elle-même qui ne songeait encore qu'à la grossesse commençait fébrilement[4] à se demander quel homme pourrait, pour cette fois, remplacer son mari, éviter que fût perdue cette chance qu'elle avait peut-être, ce mois-ci, de se trouver enceinte, et interrompre l'exténuante

1. **Déconvenue**: déception.
2. **Liants**: sociables, enclins à nouer des relations d'amitié.
3. **Exultation**: intense sentiment de bonheur, d'allégresse.
4. **Fébrilement**: dans un état d'excitation intense.

cadence de l'espoir et du désespoir qu'elle se représentait déjà, comme elle allait criant que son mari était mort, si elle devait laisser passer cette occasion.

Et la raison frayait son chemin en elle et elle comprenait que ce mois fertile serait gaspillé et les mois à venir également, et une grande désillusion, le sentiment qu'elle avait supporté tout cela, espoir et désespoir, trois ans durant pour rien, adultéraient[1] son chagrin que cet homme fût mort d'une aigreur presque rancuneuse.

N'aurait-il pu mourir après-demain, dans trois jours ?

De telles pensées, Khady se reprochait encore maintenant de les avoir eues.

Après la mort de son mari, le propriétaire de la buvette l'avait mise à la porte pour installer un autre couple et Khady n'avait eu de meilleur recours que d'aller vivre dans la famille de son mari.

Ses propres parents l'avaient fait élever par sa grand-mère, morte depuis longtemps, et Khady avait perdu toute trace d'eux, après ne les avoir vus que de loin en loin lorsqu'elle était enfant.

Et bien qu'elle fût devenue une haute et fine jeune femme aux os délicats, à la chair pleine, au visage ovale et lisse, bien qu'elle eût vécu trois ans avec cet homme qui n'avait jamais eu pour elle que de bonnes paroles et qu'elle eût su également, dans la buvette[2], se faire respecter par une attitude inconsciemment altière[3], prudente, un peu froide, qui décourageait par avance les allusions moqueuses ou arrogantes à l'absence de progéniture[4], son enfance inquiète et délaissée, puis les vains efforts pour tomber enceinte qui, même s'ils l'avaient maintenue dans un état d'émotion intense, presque fanatique, avaient porté des coups peu sensibles mais fatals à sa précaire assurance en société, tout cela l'avait préparée à ne pas juger anormal d'être humiliée.

---

1. **Adultéraient** : altéraient, dénaturaient.
2. **Buvette** : café, local où l'on sert à boire.
3. **Altière** : fière.
4. **Progéniture** : enfant.

De sorte que, lorsqu'elle se retrouva dans une belle-famille qui ne pouvait lui pardonner de n'avoir aucun appui, aucune dot[1] et qui la méprisait ouvertement et avec rage de n'avoir jamais conçu, elle accepta de devenir une pauvre chose, de s'effacer, de ne plus nourrir que de vagues pensées impersonnelles, des rêves inconsistants et blanchâtres à l'abri desquels elle vaquait[2] d'un pas traînant, mécanique, indifférente à elle-même et, croyait-elle, ne souffrant guère.

Elle vivait avec les parents de son mari, deux de ses belles-sœurs et les jeunes enfants de l'une d'elles, dans les trois pièces d'une maison en mauvais état.

À l'arrière la maison s'ouvrait sur une cour de terre battue que se partageaient les habitants des maisons voisines.

Khady évitait de se montrer dans la cour car elle redoutait encore les paroles sarcastiques[3] sur la nullité, l'absurdité de son existence de veuve sans biens ni enfants, et quand elle était obligée de s'y tenir pour éplucher les légumes ou préparer le poisson elle se rencognait[4] si bien, ne laissant dépasser de sa mince silhouette accroupie dans son pagne[5], resserrée sur elle-même, que ses doigts rapides et, de son visage baissé, les hauts méplats[6] de ses joues, qu'on cessait vite de lui prêter attention, qu'on l'oubliait, comme si ce bloc de silence et de désaffection ne valait plus l'effort d'une apostrophe, d'un quolibet[7].

Sans cesser de travailler elle glissait dans un état de stupeur[8] mentale qui l'empêchait de comprendre ce qui se disait autour d'elle.

---

1. **Dot** : bien ou argent qu'une femme apporte à son époux en se mariant.
2. **Vaquait** : s'affairait, se livrait.
3. **Sarcastiques** : d'un ton moqueur.
4. **Se rencognait** : se ramassait sur elle-même, se blottissait dans un coin pour ne pas être aperçue.
5. **Pagne** : tissu couvrant le corps de la femme des hanches jusqu'aux cuisses.
6. **Hauts méplats** : parties relativement plates.
7. **Quolibet** : moquerie, plaisanterie cruelle adressée à quelqu'un.
8. **Stupeur** : absence de réactions aux stimulations extérieures.

Elle se sentait alors presque bien.

Elle avait l'impression de dormir d'un sommeil blanc, léger, dépourvu de joie comme d'angoisse.

Tôt chaque matin elle quittait la maison en compagnie de ses deux belles-sœurs, toutes trois portant sur leur tête les bassines en plastique de tailles diverses qu'elles vendraient au marché.

Elles retrouvaient là leur emplacement habituel.

Khady s'accroupissait un peu à l'écart des deux autres qui feignaient[1], elles, de ne pas s'apercevoir de sa présence, et elle demeurait ainsi des heures durant, répondant par trois ou quatre doigts levés quand on s'enquérait du prix des bassines, immobile dans la bruyante animation du marché qui, en l'étourdissant vaguement, l'aidait à retrouver cette sensation de torpeur[2] parcourue de songeries laiteuses[3], inoffensives, plaisantes, pareilles à de longs voiles agités par le vent sur lesquels apparaissaient de temps en temps le visage flou de son mari qui lui souriait d'un éternel et charitable sourire ou, moins souvent, celui de l'aïeule[4] qui l'avait élevée et protégée et qui avait su reconnaître, bien qu'elle l'eût traitée avec rudesse, qu'elle était une petite fille particulière nantie[5] de ses propres attributs et non une enfant parmi d'autres.

De telle sorte qu'elle avait toujours eu conscience d'être unique en tant que personne et, d'une certaine façon indémontrable mais non contestable, qu'on ne pouvait la remplacer, elle Khady Demba, exactement, quand bien même ses parents n'avaient pas voulu d'elle auprès d'eux et sa grand-mère ne l'avait recueillie que par obligation – quand bien même nul être sur terre n'avait besoin ni envie qu'elle fût là.

---

1. **Feignaient**: faisaient semblant.
2. **Torpeur**: engourdissement général du corps.
3. **Laiteuses**: qui ont la couleur du lait; par extension, floues.
4. **Aïeule**: ancêtre; ici, la grand-mère.
5. **Nantie**: munie, pourvue.

Elle avait été satisfaite d'être Khady, il n'y avait eu nul interstice dubitatif[1] entre elle et l'implacable réalité du personnage de Khady Demba.

Il lui était même arrivé de se sentir fière d'être Khady car, avait-elle songé souvent avec éblouissement, les enfants dont la vie semblait joyeuse, qui mangeaient chaque jour leur bonne part de poulet ou de poisson et qui portaient à l'école des vêtements sans taches ni déchirures, ces enfants-là n'étaient pas plus humains que Khady Demba qui n'avait pourtant, elle, qu'une infime portion de bonne vie.

À présent encore c'était quelque chose dont elle ne doutait pas – qu'elle était indivisible et précieuse, et qu'elle ne pouvait être qu'elle-même.

Elle se sentait seulement fatiguée d'exister et lasse des vexations, même si ces dernières ne lui causaient pas de réelle douleur.

Les deux sœurs de son mari ne lui adressaient pas la parole de tout le temps qu'elles passaient ensemble devant leur étal[2].

Sur le chemin du retour elles vibraient de l'excitation propre au marché, comme si toute la fébrilité et l'ardent brouhaha de la foule leur étaient entrés dans le corps et qu'elles devaient s'en soulager avant de rentrer, et elles ne cessaient d'asticoter[3] Khady, de la bousculer ou de la pincer, agacées et émoustillées[4] par la rigidité de sa chair insensible, la froideur renfrognée[5] de son expression, sachant ou devinant qu'elle oblitérait[6] toute faculté d'entendement[7] dès lors qu'on la tourmentait, sachant ou devinant que les piques les plus acerbes se transformaient dans son esprit en voiles rougeâtres qui venaient partiellement mais fugacement[8] embrouiller les autres,

---

1. **Interstice dubitatif** : intervalle, distance qui exprime le doute.
2. **Étal** : table ou bâche où sont disposées les marchandises à vendre.
3. **Asticoter** : embêter.
4. **Émoustillées** : excitées, provoquées.
5. **Renfrognée** : maussade, mécontente.
6. **Oblitérait** : effaçait, supprimait progressivement.
7. **Entendement** : compréhension.
8. **Fugacement** : de manière fugace, c'est-à-dire rapide, brève.

ses rêveries blêmes[1], bienfaitrices – le sachant, le devinant et s'en irritant sourdement[2].

Khady faisait parfois brusquement un pas de côté, ou bien elle se mettait à marcher avec une lenteur décourageante et les deux sœurs finissaient par se désintéresser d'elle.

– Qu'est-ce que tu as, la muette ? cria une fois l'une d'elles en se retournant et constatant l'écart qui grandissait entre leurs silhouettes et celle de Khady.

Et ce fut, là, un mot que Khady n'eut pas le temps d'empêcher son esprit de comprendre et ce mot la surprit en lui dévoilant ce qu'elle savait sans s'en rendre compte – qu'elle n'avait pas ouvert la bouche depuis très longtemps.

La rumeur qui ornait ses songes, vaguement composée de la voix de son mari, de la sienne, de quelques autres encore, anonymes, issues du passé, lui avait donné l'illusion qu'elle parlait de temps en temps.

Une brève mais vive frayeur s'empara d'elle.

Si elle oubliait comment se forment les mots et la façon dont on les sort de soi, sur quel avenir, même pénible, pourrait-elle compter ?

L'engourdissement et l'indifférence la reprirent.

Cependant elle n'essaya pas de prononcer quoi que ce fût, par peur de n'y pas réussir ou qu'un son inquiétant, étranger, parvînt à son oreille.

Quand ses beaux-parents, assistés de leurs deux filles qui, cette fois, se contentaient d'écouter en silence, annoncèrent à Khady qu'elle allait partir, ils n'attendaient d'elle aucune réponse puisque ce n'était pas une question qu'ils lui posaient mais un ordre qu'ils lui donnaient, et bien que l'inquiétude vînt de nouveau troubler son apathie[3], Khady ne parla pas, ne demanda rien, croyant peut-être se garder ainsi du risque que les intentions qu'on avait à son propos ne se précisent, que son départ ne devînt réel, comme si, se

1. **Blêmes** : sans éclat, ternes.
2. **Sourdement** : en secret, de manière cachée.
3. **Apathie** : absence d'énergie, indifférence.

dirait-elle plus tard, les parents de son mari avaient eu le moindre besoin que ses mots répondent aux leurs pour les confirmer dans le bien-fondé ou la réalité de ce qu'ils disaient.

De cela, ils n'avaient aucunement besoin.

Khady savait qu'elle n'existait pas pour eux.

Parce que leur fils unique l'avait épousée en dépit de leurs objections, parce qu'elle n'avait pas enfanté et qu'elle ne jouissait d'aucune protection, ils l'avaient tacitement[1], naturellement, sans haine ni arrière-pensée, écartée de la communauté humaine, et leurs yeux durs, étrécis[2], leurs yeux de vieilles gens qui se posaient sur elle ne distinguaient pas entre cette forme nommée Khady et celles, innombrables, des bêtes et des choses qui se trouvent aussi habiter le monde.

Khady savait qu'ils avaient tort mais qu'elle n'avait aucun moyen de le leur montrer, autre que d'être là dans l'évidence de sa ressemblance avec eux, et sachant que cela n'était pas suffisant elle avait cessé de se soucier de leur prouver son humanité.

Elle écouta donc sans rien dire, détaillant alternativement les jupes imprimées de ses deux belles-sœurs assises sur le vieux canapé de part et d'autre de leurs parents et dont les mains reposaient entre les cuisses paumes en l'air, empreintes d'une ingénuité[3], d'une fragilité qui n'étaient pas dans le caractère de ces femmes mais qui dénonçaient soudain pour Khady celles de leur mort, qui anticipaient et dévoilaient la vulnérabilité innocente de leur figure lorsqu'elles seraient mortes, et ces mains sans défense ressemblaient tant à celles de son mari, le frère de ces deux femmes, quand la vie d'un coup l'avait quitté, que Khady en eut la gorge serrée.

La voix de sa belle-mère continuait de dérouler, sèche, menaçante, monocorde, ce qui devait être, pensait Khady de loin, de déplaisantes recommandations, mais elle ne faisait plus l'effort de comprendre.

---

1. **Tacitement** : de manière sous-entendue.
2. **Étrécis** : rendus plus étroits.
3. **Ingénuité** : franchise, sincérité qui s'expliquent par une grande naïveté.

À peine avait-elle entendu le nom de Fanta, une cousine qui avait épousé un Blanc[1] et qui vivait maintenant en France.

Elle ouvrait de nouveau son esprit aux pâles chimères[2] qui lui tenaient lieu de pensées depuis qu'elle habitait chez ces gens, oubliant, incapable même de se rappeler qu'elle l'avait éprouvée, la peur violente qui l'avait traversée quelques minutes plus tôt à l'idée qu'il lui faudrait s'en aller, non qu'elle eût le moindre désir de rester (elle ne désirait rien) mais parce qu'elle avait senti que ces rêveries ne survivraient pas à un tel changement de sa situation, qu'elle aurait à réfléchir, à entreprendre, à décider ne serait-ce que de la direction où porter ses pas et que, dans l'état de langueur[3] qui était le sien, rien n'était plus terrifiant que cette perspective.

Les serpents se mordant la queue, gris sur fond jaune, et les gais visages féminins, bruns sur fond rouge, surmontant l'inscription « Année de la Femme Africaine », qui ornaient les tissus dont ses belles-sœurs s'étaient fait des jupes, serpents et visages multipliés par dizaines, monstrueusement écrasés là où le tissu plissait, dansaient une ronde mauvaise dans son esprit, supplantant[4] la bonne et nébuleuse[5] figure de son mari.

Il lui sembla que les deux sœurs, qu'elle évitait habituellement de regarder, la fixaient d'un air moqueur.

L'une d'elles rajusta sa jupe sur ses cuisses sans quitter Khady des yeux, et ses mains qui lissaient le tissu avec insistance parurent à Khady aussi dangereuses, provocantes, indéchiffrables qu'elles les avaient trouvées auparavant, lorsqu'elles reposaient oisives[6] et retournées, désarmées, ingénues.

---

1. Dans le deuxième récit de *Trois femmes puissantes*, le personnage de Rudy Descas, ancien professeur de littérature, est marié à Fanta, qu'il a rencontrée dans un lycée de Colobane, un quartier de Dakar au Sénégal.
2. **Chimères** : idées illusoires, projets irréalisables.
3. **Langueur** : affaiblissement physique et moral.
4. **Supplantant** : éliminant et remplaçant.
5. **Nébuleuse** : dont le contour est flou, imprécis.
6. **Oisives** : ici, immobiles, au repos.

Profond fut son soulagement quand sa belle-mère, balayant l'air de ses doigts, lui signifia qu'elle en avait fini et que Khady pouvait quitter la pièce.

Elle n'avait aucune idée de ce qui venait de lui être dit au sujet des conditions de son départ – quand s'en irait-elle, vers quelle destination, dans quel but, par quel moyen ? – et comme, les jours qui suivirent, nul ne lui parla de nouveau, qu'elle se rendit au marché comme d'habitude et qu'on ne prêta aucune attention à sa personne, l'inquiétante possibilité d'un bouleversement de son existence se mêla dans son souvenir aux serpents et aux visages imprimés, en emprunta le caractère fantasmagorique et absurde, sombra dans l'oubli où disparaissent les rêves ineptes[1].

Un soir, la belle-mère lui donna une bourrade[2] dans les reins.

– Prépare tes affaires, dit-elle.

Puis, comme par crainte que Khady n'emportât ce qui ne lui appartenait pas, elle déploya elle-même sur le sol de la chambre commune l'un des pagnes de Khady, posa dessus l'autre pagne que celle-ci possédait et un vieux tee-shirt bleu délavé et un morceau de pain emballé dans une feuille de journal.

Elle referma soigneusement le pagne, en noua les quatre bouts ensemble.

Elle tira ensuite de son soutien-gorge, lentement, dans une solennité[3] pleine de regret et de dépit[4], un rouleau de billets qu'elle glissa (sachant que Khady n'avait pas de soutien-gorge ?) dans le haut de la culotte de Khady, passant brutalement ses doigts dans la ceinture du pagne et coinçant les billets entre la peau, qu'elle griffa de ses ongles jaunes, et l'élastique de la culotte.

Elle ajouta un bout de papier plié en quatre qui renfermait, dit-elle, l'adresse de la cousine.

---

1. **Ineptes** : dépourvus de sens.
2. **Bourrade** : coup, bousculade.
3. **Solennité** : ici, avec gravité et affectation.
4. **Dépit** : mouvement passager de colère ou d'impatience provoqué par une contrariété.

– Quand tu seras là-bas, chez Fanta, tu nous enverras de l'argent. Fanta, elle doit être riche maintenant, elle est professeur.

Khady se coucha sur le matelas qu'elle partageait avec les enfants de sa belle-sœur.

Son effroi était si grand qu'elle en avait des nausées.

Elle ferma les yeux et tenta d'appeler à elle les songes crayeux[1] et ondoyants[2] qui la gardaient de l'intolérable contact avec la réalité dont elle-même faisait partie avec son cœur affligé, anxieux, empli de remords et de doute, elle tenta désespérément de se détacher de sa propre personne peureuse et faible mais les rêveries ce soir-là n'étaient pas de taille à lutter contre les intrusions de l'existence et Khady demeura avec son épouvante[3] dans un tête-à-tête dont nul travail d'indifférence ne put la libérer.

La belle-mère vint la chercher dès l'aurore, lui intima[4] muettement de se lever.

Khady enjamba les corps de ses belles-sœurs étendues sur un second matelas, et bien qu'elle ne souhaitât pas entendre leurs voix railleuses et dures ni voir briller dans l'aube grisâtre leurs yeux sans pitié, que les deux femmes fissent semblant de dormir à l'instant où elle s'en allait vers l'inconnu lui apparut comme un message fatal.

Était-ce parce qu'elles étaient certaines de ne jamais revoir Khady qu'elles préféraient s'éviter la peine de la saluer, de lui lancer un coup d'œil, de lever la main vers elle et de tourner de son côté une paume angélique et brave ?

Sans doute, c'était cela – Khady marchant vers sa mort, elles préféraient dès maintenant ne plus avoir affaire avec elle, mues[5] par l'appréhension bien compréhensible de se trouver unies si peu que ce fût à son sort funeste.

Khady étouffa un gémissement.

---

1. **Crayeux** : qui ont la couleur, l'apparence, la consistance de la craie. Ici, flous.
2. **Ondoyants** : qui sont inconstants, qui changent facilement.
3. **Épouvante** : frayeur, terreur soudaine.
4. **Intima** : ordonna.
5. **Mues** : mises en action, animées.

Dans la rue un homme attendait.

Il était vêtu à l'occidentale, d'un jean et d'une chemisette à carreaux, et portait des lunettes de soleil miroitantes bien que le jour vînt à peine de se lever, de sorte que lorsque Khady parut devant lui, poussée par la belle-mère d'une main impatiente, agacée, nerveuse, elle ne put déchiffrer s'il la regardait, elle, menue[1] et tourmentée, son ballot serré sur sa poitrine ainsi qu'elle pouvait se voir dans les deux miroirs de ses verres.

Elle remarqua sa façon de se mordiller la lèvre inférieure, si bien que le bas de son visage, comme la mâchoire d'un rongeur, était toujours en mouvement.

La belle-mère lui tendit rapidement quelques billets de banque.

Il les fourra dans sa poche sans même les regarder.

– Tu ne dois pas revenir ici, marmonna-t-elle près de l'oreille de Khady. Tu dois nous envoyer de l'argent dès que tu seras là-bas. Si tu n'y arrives pas, tu ne dois pas revenir.

Khady esquissa le geste de s'accrocher au bras de la vieille femme mais celle-ci fila prestement[2] à l'intérieur de la maison et referma la porte derrière elle.

– Viens, c'est par là, dit l'homme d'une voix neutre, basse.

Il se mit à descendre la rue sans prendre la peine de s'assurer que Khady le suivait bien, comme si, se dit-elle en lui emboîtant le pas, malhabile et trébuchante dans ses tongs de plastique rose tandis qu'il semblait rebondir sur les semelles épaisses et légères de ses chaussures de sport, il ne pouvait douter une seconde de l'intérêt qu'elle avait à l'accompagner, ou comme si, ayant été payé une fois pour toutes, il se moquait de savoir ce qu'elle décidait de faire.

Cette nonchalance[3] vis-à-vis d'elle rassura un peu Khady.

Aussitôt ses pensées prirent congé de la réflexion et, tout en s'attachant à ne pas se laisser distancer et à ne pas perdre en route

1. **Menue** : mince.
2. **Prestement** : hâtivement.
3. **Nonchalance** : manque d'entrain, de fermeté.

l'une de ses tongs, elle sentit que son esprit se laissait envahir par la brume familière non plus traversée pourtant des visages morts du mari ou de l'aïeule mais des images qu'attrapaient ses yeux au cours du trajet, dans les rues où l'entraînait cet homme et où elle n'avait pas souvenir d'être jamais allée, encore que, se dit-elle soudain, elle avait pu les parcourir dans son état habituel d'hébétude, de prostration[1] mentale, et ne pas se le rappeler – tandis qu'il lui semblait que, ce matin, les plus modestes scènes qui s'égrenaient au long du chemin insistaient délicatement pour se fixer en transparence derrière l'écran de ses songes.

S'agissait-il qu'elle fût malgré elle protégée, arrachée à la somnolence dangereuse maintenant qu'elle se trouvait livrée à l'inconnu ?

Plus encore la surprit l'espèce de douleur, de pincement qu'elle éprouva en passant devant une femme enceinte qui, assise au pied d'un manguier, donnait à manger d'une bouillie de riz à un petit enfant.

Cette grande désolation de n'avoir pas de bébé, cette peine immense et amère, hors tout réflexe de honte vis-à-vis de l'entourage, elle ne l'avait pas ressentie depuis bien longtemps, depuis que, hébergée par sa belle-famille, tout s'était figé et glacé en elle.

Et voilà qu'elle regardait cette femme au lieu de laisser simplement ses yeux passer sur elle, qu'elle regardait son ventre gonflé et les lèvres barbouillées du petit garçon, et voilà qu'elle pensait avec tristesse : Je n'aurai donc pas d'enfant, moi, Khady ? cependant moins triste encore qu'étonnée de se trouver triste, d'identifier ce sentiment qui remuait de façon trouble et presque douce une partie d'elle-même qui s'était accoutumée à n'être plus que léthargique ou terrifiée.

Elle hâta le pas car l'homme devant elle marchait vite.

Une jeune femme qui aurait pu être elle, Khady, dans sa vie d'autrefois, sortait sur le trottoir et retirait le panneau de bois qui

---

1. **Prostration** : abattement qui se manifeste par un repli sur soi, une immobilité physique.

fermait l'unique fenêtre de sa buvette, et en voyant ce corps long et fin, aussi étroit aux hanches qu'aux épaules et la taille à peine marquée mais aussi dense et vigoureux dans sa minceur que le corps d'un serpent, elle reconnut une silhouette du même genre que la sienne et elle prit conscience du travail de ses muscles qui la faisaient aller d'un si bon pas, de leur vigueur, de leur indéfectible[1] présence qu'elle avait oubliée, de tout son jeune corps solide auquel elle ne prêtait plus la moindre attention et dont elle se ressouvenait, qu'elle retrouvait dans l'allure de cette inconnue qui, maintenant, alignait sur le comptoir extérieur de la buvette les bouteilles de soda qu'elle proposait à la vente et qui, avec son air concentré, paisible, réservé, aurait pu être elle, Khady, dans sa vie d'autrefois.

L'homme lui faisait maintenant longer l'avenue de l'Indépendance.

Des écoliers en short bleu et chemisette blanche avançaient lentement sur le trottoir, tenant entre leurs doigts un morceau de baguette dans lequel ils mordaient de temps à autre, laissant tomber une pluie de miettes.

Presque sur leurs talons des corbeaux les suivaient.

Khady se pressa, rattrapa son guide et se mit à trottiner pour rester à sa hauteur, faisant claquer si fort ses tongs sur le bitume que les corbeaux, méfiants, s'envolèrent.

– On est presque arrivés, dit l'homme de sa voix neutre, moins pour rassurer ou encourager Khady que pour anticiper une éventuelle question.

Elle se demanda alors s'il était gêné qu'on la vît marcher à ses côtés, cette femme au pagne défraîchi, aux cheveux sans ornement, coupés court, aux pieds blancs de poussière, près de lui qui prenait, avec sa chemisette bien ajustée, ses lunettes, ses chaussures de sport vertes, un soin évident de son aspect et de l'opinion que celui-ci donnait, le concernant, à tous ceux qui posaient les yeux sur lui.

1. **Indéfectible**: éternelle, indestructible.

Il traversa l'avenue, obliqua sur le boulevard de la République en direction de la mer.

Dans le ciel d'un bleu clair et doux Khady voyait voler choucas[1] et mouettes, consciente de les voir voler et surprise, presque apeurée de cette conscience, se disant, non pas nettement, encore confusément et mollement, sa pensée encore entravée par les brumes de ses rêveries, se disant : Il y a longtemps que je n'étais pas allée par là – vers le bord de mer où sa grand-mère l'envoyait, enfant, acheter du poisson aux pêcheurs tout juste débarqués.

Et elle ressentit alors si pleinement le fait indiscutable que la maigre fillette farouche et valeureuse qui discutait âprement[2] le prix du mulet[3], et la femme qu'elle était maintenant, qui suivait un étranger vers un rivage semblable, constituaient une seule et même personne au destin cohérent et unique, qu'elle en fut émue, satisfaite, comblée, et que ses yeux la picotèrent, et qu'elle en oublia l'incertitude de sa situation ou plutôt que cette précarité cessa de lui paraître aussi grave rapportée à l'éclat exaltant d'une telle vérité.

Elle sentit sur ses lèvres l'ombre, le souvenir d'un sourire.

Hello, Khady, se dit-elle.

Elle se rappelait combien, petite fille, elle avait apprécié sa propre compagnie et que, lorsqu'elle souffrait d'isolement, ce n'était jamais seule avec elle-même mais au milieu d'autres enfants ou dans les nombreuses familles chez lesquelles elle avait travaillé comme domestique.

Elle se rappelait aussi que son mari, avec son caractère bon et taciturne[4], placide[5] et légèrement en retrait du monde, lui avait donné l'impression rassurante qu'elle n'avait rien à sacrifier de sa solitude, qu'il ne lui demandait rien de tel et n'imaginait pas davantage qu'elle pût chercher à le tirer hors de lui.

1. **Choucas** : sortes de corbeaux.
2. **Âprement** : rudement, sévèrement.
3. **Mulet** : sorte de poisson.
4. **Taciturne** : silencieux, tranquille.
5. **Placide** : imperturbable, calme.

Et pour la première fois peut-être depuis quelques années qu'il était mort, alors qu'elle courait à demi sur le boulevard, haletante[1], les orteils recroquevillés au bout de ses tongs pour les garder aux pieds, alors qu'elle sentait sur son front la chaleur encore clémente[2] du ciel bleu, qu'elle entendait crier les choucas dans leur colère d'éternels affamés et qu'elle distinguait en bordure de son champ de vision les points sombres, innombrables, de leurs rondes saccadées, pour la première fois depuis si longtemps qu'il était mort son mari lui manqua, lui, cet homme-là précisément pour ce qu'il avait été.

Elle en eut la poitrine oppressée[3].

Car c'était pour elle un sentiment si nouveau.

Très éloignée de la vertigineuse et rancuneuse[4] désillusion où l'avaient jetée la certitude, à cause de cette mort inattendue, qu'elle n'aurait pas d'enfant de sitôt et l'amère évidence qu'elle y avait travaillé pour rien, très loin aussi du regret non moins amer d'avoir perdu une existence qui lui avait convenu en tout point, cette douleur de l'absence la prenait au dépourvu et l'embarrassait, et de sa main libre, l'autre soutenant son baluchon[5], elle se donna de petits coups entre les seins, comme pour se faire accroire qu'elle souffrait d'une gêne physique.

Mais, oh, c'était bien cela : elle aurait voulu que son mari fût là, près d'elle, ou simplement quelque part dans le vaste pays dont elle ne connaissait, elle, que cette ville, et qu'une partie encore de cette ville, et dont elle se représentait mal les limites, l'étendue, la forme, enfin qu'elle pût se rappeler la calme figure lisse et sombre de son mari et savoir que cette figure était inaltérée, chaude, animée et qu'elle ondoyait lourde fleur au bout de sa tige quelque part sur cette terre en même temps que la sienne, sa figure à elle, Khady, qu'elle tendait à présent machinalement vers celle de l'étranger

1. **Haletante** : essoufflée, hors d'haleine.
2. **Clémente** : douce et favorable.
3. **Oppressée** : serrée.
4. **Rancuneuse** : pleine de rancune, de rancœur.
5. **Baluchon** : petit bagage, petit paquet qui contient quelques affaires personnelles.

(« C'est là qu'on va la prendre, la voiture, elle va arriver »), cette face inconnue et dédaigneuse, secouée de tics inquiétants, dont Khady devait bien reconnaître pourtant la présence vivante près de la sienne, dont elle pouvait sentir la chaleur près de sa propre joue et la légère odeur de sueur, tandis que, ce à quoi pouvait ressembler maintenant le visage de son mari, elle ne voulait pas l'imaginer, elle ne pouvait pas se le représenter.

Ce visage aimé, elle aurait accepté de ne plus jamais le revoir, si elle avait su qu'il était, même loin d'elle, intact, chaud, moite de sueur.

Mais que, à jamais, il n'existât plus que dans la mémoire d'une poignée de personnes, voilà ce qui, soudainement, l'accablait de chagrin et de pitié pour son mari, et bien qu'elle eût mal et se donnât encore des tapes sur la poitrine elle ne pouvait s'empêcher de se sentir chanceuse.

L'homme s'était arrêté au bas du boulevard, près d'un petit groupe de personnes chargées de paquets.

Khady avait posé son baluchon et s'était assise dessus.

Ses muscles se relâchaient, ses orteils s'ouvraient sur la mince semelle de plastique.

Elle avait remonté un peu son pagne, presque jusqu'aux genoux, afin de laisser le soleil frapper la peau sèche, poussiéreuse, craquelée, de ses tibias, de ses mollets.

Peu lui importait qu'elle ne comptât, elle, pour personne, que nul ne pensât jamais à elle.

Elle était tranquille et vivante et jeune encore, elle était elle-même et son corps en pleine santé savourait de toutes ses fibres l'indulgente chaleur du petit matin et ses narines mobiles humaient avec gratitude les odeurs douceâtres[1] venues de la mer qu'elle ne pouvait apercevoir mais dont elle entendait la rumeur juste au bas du boulevard, dont elle distinguait comme un déferlement

---

1. **Douceâtres** : écœurantes.

de luminosité glauque[1] dans le jour matinal, comme un reflet de bronze sur le bleu tendre du ciel.

Elle ferma à demi les yeux, ne laissant à son regard qu'une fente par laquelle elle pouvait voir aller et venir d'un pas nerveux l'homme chargé de la conduire.

Vers quelle destination ?

Elle n'oserait jamais le lui demander, elle ne voulait d'ailleurs pas le savoir, pas encore, car que ferait, songeait-elle, son pauvre cerveau d'une telle information, lui qui connaissait si peu du monde, qui ne connaissait qu'une toute petite quantité de noms, et ces noms concernaient les choses dont on se sert chaque jour et nullement ce qu'on ne peut ni voir ni utiliser ni comprendre.

Lorsque des souvenirs de l'école où sa grand-mère l'avait envoyée quelque temps s'insinuaient[2] dans ses songes, ce n'était que bruit, moqueries, bagarres et confusion et quelques vagues images d'une fille osseuse, méfiante, prompte à griffer pour se défendre et qui, recroquevillée sur le sol carrelé parce qu'il n'y avait pas assez de chaises, entendait sans pouvoir les séparer les uns des autres les mots rapides, secs, impatients, contrariés d'une institutrice qui, par chance, ne lui accordait pas la moindre attention, dont le regard perpétuellement outragé ou à l'affût de l'outrage effleurait la fille sans la voir, et si la fille préférait qu'on la laissât en paix elle n'avait pour autant pas la moindre peur de cette femme ni des autres enfants, si elle acceptait les humiliations elle n'avait pour autant peur de personne.

Khady sourit intérieurement.

La fille minuscule et teigneuse[3], c'était elle.

Elle toucha machinalement son oreille droite, sourit de nouveau en sentant sous ses doigts les deux morceaux disjoints du lobe : un enfant s'était jeté sur elle pendant la classe et lui avait arraché sa boucle d'oreille.

---

1. **Glauque** : blafarde, sinistre.
2. **S'insinuaient** : s'introduisaient.
3. **Teigneuse** : hargneuse, agressive, méchante.

Oh non, elle n'avait jamais rien compris ni rien appris à l'école.

La litanie[1] de mots indiscernables proférés d'une voix sans timbre par la femme au visage brutal, ennuyé, elle la laissait flotter au-dessus d'elle, n'ayant aucune idée de l'ordre de choses auquel ces mots se rattachaient, sachant bien qu'il s'agissait d'une langue, le français, qu'elle était en mesure de parler un peu et d'entendre mais incapable de la reconnaître dans ce débit pressé, coléreux, gardant toujours par ailleurs une partie de son esprit aux aguets[2], tournée vers le groupe des autres enfants d'où pouvait à tout instant provenir une attaque sournoise, coup de pied ou claque quand l'institutrice se tournait vers le tableau.

Voilà pourquoi, aujourd'hui, elle ne savait de l'existence que ce qu'elle en avait vécu.

Aussi préférait-elle que l'homme qu'on lui avait imposé comme guide ou compagnon ou gardien n'infligeât pas à son esprit le vain tourment d'un nom fatalement inconnu de lui (l'esprit ignorant de Khady), si elle lui demandait où ils allaient ainsi tous les deux, puisque, accueillant ce nom obscur, voire bizarre et impossible à mémoriser, elle ne pourrait cependant ignorer que son propre sort y était lié.

Ce n'était pas que de son sort elle se préoccupât outre mesure, non, mais à quoi bon altérer cette toute neuve et bienfaisante sensation de plaisir dans l'atmosphère tiède (légère odeur de fermentation ou de saine pourriture montant du trottoir, ses pieds reposés, bienheureux, tout son corps concentré et délassé dans l'état d'immobilité complète qu'il savait atteindre), pourquoi risquer de l'altérer inutilement ?

Les gens attendaient comme elle-même le faisait, assis sur de gros sacs de plastique écossais ou sur des boîtes en carton nouées de ficelles serrées, et bien que Khady regardât droit devant elle par la fente de ses paupières mi-closes, elle pouvait deviner à l'absence

1. **Litanie** : suite monotone et répétitive de paroles.
2. **Aux aguets** : sur ses gardes.

de vibrations, à certaine qualité stagnante de l'air autour d'elle, que l'homme, berger ou geôlier[1], protecteur ou secret artisan de maléfices, était seul à s'agiter, arpentant fébrile le bitume sableux et défoncé, et dansotant, rebondissant involontairement dans ses chaussures de sport vertes exactement, songeait Khady, comme sautillaient non loin les corbeaux noir et blanc, noirs au cou largement bordé de blanc, desquels il était peut-être, peut-être, le frère finement changé en homme le temps d'emporter Khady.

Un frisson d'angoisse troubla son impassibilité[2].

Plus tard, quand la chaleur était devenue telle que Khady s'était enveloppé la tête et le torse du pagne rangé la veille dans son paquet et que le petit groupe d'individus s'était transformé en une foule tumultueuse, l'homme la saisit par le bras, la dressa sur ses pieds et la poussa à l'arrière d'une voiture déjà occupée par plusieurs personnes, dans laquelle il se jeta à son tour en protestant bruyamment, avec indignation et mépris, et il sembla à Khady qu'il était furieux de trouver autant de monde dans la voiture et qu'on lui avait pourtant assuré qu'il n'en serait pas ainsi et qu'il avait même payé pour cela.

Elle cessa de l'écouter, mal à l'aise, sentant déjà contre son flanc la chaleur rageuse de cet homme, les tressaillements[3] de ses muscles inquiets, exaspérés.

Cachait-il derrière ses verres miroirs les petits yeux ronds, durs et fixes des corbeaux, cachait-il sous sa chemisette à carreaux bizarrement fermée au cou cette zone de plumes blanchâtres qu'ils avaient tous sur le devant ?

Elle lui lança un regard de côté tandis que la voiture démarrait, quittait lourdement, péniblement, la place maintenant encombrée de minibus et d'autres grosses et pesantes voitures pareilles à la leur dans lesquelles montaient ou essayaient de monter de nombreuses personnes dont les propos et parfois les appels, les exclamations se

1. **Geôlier** : gardien, personne qui surveille les prisonniers.
2. **Impassibilité** : imperturbabilité.
3. **Tressaillements** : secousses musculaires.

mêlaient aux cris batailleurs des corbeaux noir et blanc volant bas au-dessus de la chaussée, elle regarda la bouche de l'homme qui ne cessait de se contracter et les frémissements fiévreux de son cou et elle pensa alors que les corbeaux ouvraient et fermaient semblablement, sans trêve, leur bec noir, qu'une même pulsation saccadée agitait leur gorge noir et blanc, noir ourlé de blanc, comme si la vie fragile devait signaler, prévenir de sa délicatesse, de sa vulnérabilité.

Pour rien au monde elle ne lui aurait demandé quoi que ce fût.

Car elle redoutait maintenant, non plus qu'il lui jetât à la figure un mot qui ne se rapporterait à rien du peu qu'elle connaissait mais que, au contraire, il évoquât ses frères corbeaux et le lieu ténébreux et lointain où il rentrait peut-être en l'emmenant avec lui, elle, Khady qui ne gagnait pas dans la famille de son mari ce qu'elle coûtait en nourriture et dont on se débarrassait par ce moyen, mais, oh, les billets coincés dans l'élastique de sa culotte serviraient-ils à payer son passage vers ce lieu certainement funeste, terrible ?

Son esprit s'affolait, revenant à la confusion évanescente[1] dans laquelle il avait baigné mais sans la douceur et la lenteur qui l'avaient protégé.

Que devait-elle penser, que pouvait-elle comprendre ?

Comment interpréter les indices de la malchance ?

Elle se rappela très indistinctement une histoire de serpent racontée par sa grand-mère, une bête violente et invisible qui avait tenté plusieurs fois d'enlever la grand-mère de Khady et qu'un voisin avait réussi à tuer bien qu'on ne pût la voir, mais elle ne se souvenait de rien concernant les corbeaux et c'était ce qui l'effrayait.

Aurait-elle dû se souvenir de quelque chose ?

L'avait-on déjà, autrefois, mise en garde ?

Elle tenta de s'écarter un peu de son compagnon en se serrant contre les deux vieilles femmes assises à sa gauche mais la plus proche lui donna un coup de coude significatif, sans même tourner la tête.

---

1. **Évanescente** : qui a une apparence floue, imprécise.

Khady essaya alors de réduire le volume de son corps en pressant fortement contre elle son baluchon.

Elle fixa des yeux la nuque rasée et plissée du chauffeur et s'efforça de ne plus songer à rien, s'autorisant juste à noter qu'elle avait faim et soif à présent et pensant avec désir au morceau de pain que sa belle-mère lui avait emballé et dont elle sentait contre sa poitrine les bords durs, et sa tête allait et venait de droite et de gauche, rudement ballottée au rythme des cahots[1] de la voiture qui s'engageait maintenant sur une route large, creusée d'ornières[2], dont Khady pouvait apercevoir entre la tête du chauffeur et celle du passager de l'avant, à travers le pare-brise fêlé, le déroulement rapide, berçant malgré les secousses, et cette route était bordée de maisons de parpaings[3] au toit de tôle devant lesquelles becquetaient[4] de petites poules blanches et jouaient des enfants alertes, maison et enfants tels que Khady avait autrefois rêvé d'en avoir avec son mari au visage doux, tôle brillante, blocs de ciment bien montés, cour propre et nette et enfants aux yeux vifs, à la peau saine, qui seraient les siens et s'ébattraient sans peur au ras de la route bien qu'il semblât à Khady que le capot de la voiture allait les avaler comme il engloutissait la route creusée d'ornières, rapide et large, et quelque chose en elle voulait crier pour avertir du danger et supplier le chauffeur de ne pas dévorer ses enfants qui avaient tous le doux visage de son mari mais à l'instant où les mots allaient sortir de sa bouche elle les retenait, horriblement honteuse et déconcertée car elle prenait conscience que ses enfants n'étaient que des corbeaux au plumage hirsute[5] qui picoraient devant les maisons et parfois hargneusement[6] s'envolaient au passage des

1. **Cahots** : secousses.
2. **Ornières** : traces creusées par les roues des voitures dans le sol des chemins ou des routes.
3. **Parpaings** : blocs de ciment.
4. **Becquetaient** : piquaient avec le bec.
5. **Hirsute** : touffu.
6. **Hargneusement** : qui manifeste de la hargne, de l'agressivité.

voitures, noir et blanc et belliqueux[1], vers la branche basse d'un fromager[2], et que dirait-on si elle s'avisait de vouloir protéger ses enfants-corbeaux, elle qui, par chance, avait encore la figure et le nom de Khady Demba et garderait son visage humain tant qu'elle serait dans cette voiture, tant qu'elle continuerait de fixer la nuque rase et grasse du chauffeur et se tiendrait ainsi hors de l'emprise de cet homme, de cet oiseau féroce au pied léger, que dirait-on de Khady Demba, Khady Demba.

Elle sursauta violemment au contact de la main de l'homme sur son épaule.

Déjà sorti de la voiture, il la tirait vers lui pour la faire descendre tandis que les femmes la poussaient sans ménagement[3].

L'une d'elles grondait que leur portière était bloquée.

Khady mit pied à terre, encore endormie, maladroite, quittant la suffocante chaleur de la voiture pour la touffeur[4] humide d'un lieu qui, s'il ne lui rappelait rien de précis, ressemblait assez au quartier dans lequel elle avait vécu, rues sableuses, murs roses ou bleu clair ou de ciment brut, pour que s'éloignât d'elle la peur d'avoir été emmenée dans l'antre aux corbeaux.

D'un geste impatient l'homme lui fit signe de le suivre.

Khady regarda vivement autour d'elle.

Des échoppes[5] encadraient la petite place où la voiture s'était garée au milieu d'autres du même genre, longues, cabossées, et une foule d'hommes et de femmes circulaient entre les voitures en discutant les prix du trajet.

Khady avisa dans un coin les deux lettres WC peintes sur un mur.

Elle les montra à l'homme qui s'était retourné pour vérifier qu'elle était bien là, puis elle fila se soulager.

Quand elle sortit des latrines, il avait disparu.

---

1. **Belliqueux** : batailleurs, violents.
2. **Fromager** : ici, un arbre.
3. **Ménagement** : précaution, considération.
4. **Touffeur** : atmosphère lourde et étouffante.
5. **Échoppes** : petites boutiques, adossées à un mur et faites de planches.

Elle s'arrêta à l'endroit précis où il s'était tenu quelques minutes auparavant.

Elle dénoua son paquet avec précaution, arracha un morceau de pain, entreprit de le manger à toutes petites bouchées.

Elle laissait se dissoudre chaque bout longuement sur sa langue afin d'en extraire tout le goût, saveur à la fois plate et un peu piquante car le pain était vieux, et elle trouvait qu'il était bon de manger et, dans le même temps, ses yeux allaient et venaient d'un coin à l'autre de la place afin de tâcher d'apercevoir celui dont dépendait son sort.

Car, à présent que les corbeaux ne se montraient plus (seuls voletaient ici et là pigeons et moineaux gris), elle redoutait bien moins une éventuelle parenté de l'homme avec eux que de rester ici abandonnée, elle, Khady Demba qui ignorait où elle se trouvait et ne voulait pas le demander.

Le ciel était terne, couvert.

À l'éclat voilé de la lumière, à la position basse déjà du halo[1] rosâtre derrière le gris pâle du ciel, Khady devinait non sans surprise que la journée tirait à sa fin, qu'ils avaient donc roulé plusieurs heures.

Tout d'un coup, l'homme fut devant elle de nouveau.

Il lui tendit brusquement une bouteille de soda à l'orange.

« Allez, viens, viens », souffla-t-il de sa voix agacée, pressante, et Khady se remit à trottiner derrière lui en raclant ses tongs dans la poussière, buvant le soda à grandes lampées[2], enregistrant brièvement, dans un état d'effroi concentré, lucide, les lointaines odeurs de putréfaction[3] maritime, les façades croulantes et telles qu'elle n'en avait jamais vu d'énormes maisons aux balcons effondrés, ornées de colonnettes décrépites[4] qui lui semblaient prendre dans le jour finissant, dans le crépuscule violet l'aspect de très vieux os soutenant quelque grand corps animal ravagé, puis la légère puanteur de

1. **Halo** : cercle.
2. **Lampées** : gorgées bues goulûment.
3. **Putréfaction** : décomposition des corps.
4. **Décrépites** : dont l'aspect extérieur est dégradé par le temps.

poisson pourrissant se fit plus forte à l'instant où l'homme obliqua vers l'un de ces monstres à demi tombés, poussa une porte et fit entrer Khady dans une cour où elle ne vit rien d'abord qu'un amas de sacs et de ballots[1] à peine plus sombre que le jour finissant, que le crépuscule violet.

Ensuite elle distingua émergeant de l'amoncellement[2] de bagages les visages gommés par le soir, sans âge ni traits, de femmes, d'hommes, d'enfants assis dans un silence que perçaient seulement de temps en temps une toux, un soupir.

L'homme lui chuchota de s'asseoir mais Khady resta debout au plus près de la porte qu'ils venaient de franchir, non qu'elle voulût résister à ce qu'il lui commandait, plutôt parce que, dans l'effort terrible qu'elle faisait pour contraindre son esprit indompté, volatil[3], craintif, à noter puis tâcher d'interpréter, avec les maigres moyens qui étaient les siens, avec les références réduites dont il disposait, ce que captaient ses yeux, dans ce terrible effort de sa volonté et de son intelligence son corps s'était figé, ses jambes raidies, ses genoux transformés en deux boules contractées aussi dures et inflexibles que les nœuds d'un bâton.

Il y avait entre elle et ces gens un rapport simple, puisqu'elle se trouvait en même temps qu'eux dans cette cour.

Mais quels étaient la nature et le motif de ce rapport, et cette situation était-elle bonne pour eux comme pour elle, et comment repérerait-elle une mauvaise situation, et pouvait-elle disposer de sa personne librement ?

Qu'elle fût capable de formuler intérieurement de telles questions l'étonnait et la troublait.

Son esprit travaillait, cherchait, souffrait d'être ainsi soumis à la réflexion mais la progression de ce labeur en elle la fascinait et ne lui déplaisait pas.

---

1. **Ballots** : baluchons (voir note 5, p. 26).
2. **Amoncellement** : amas, tas.
3. **Volatil** : fluctuant, changeant.

L'homme n'insista pas pour la faire asseoir.

Elle pouvait sentir l'odeur ferrugineuse[1] de sa sueur, sentir aussi les vibrations presque électriques de son excitation inquiète.

Pour la première fois il releva sur son front ses lunettes de soleil. Dans la pénombre ses yeux très noirs semblaient très ronds et luisants.

L'ancienne crainte reprit Khady, que l'homme eût à voir avec les corbeaux.

Elle jeta un coup d'œil au groupe indistinct de paquets et d'êtres assis ou allongés d'entre lesquels elle eût été à peine surprise de voir s'élever des ailes repérables dans la nuit à leur frange blanche ou d'entendre battre contre les flancs invisibles ces ailes frangées de blanc, mais sentant alors que dans cette peur même se manigançait une dérobade[2], une tentative de fuite de son esprit vers les contrées blafardes et rêveuses et solitaires quittées depuis peu, depuis ce matin-là seulement, et se forçant à repousser son appréhension et à ne s'occuper que de cette réalité immédiate, de cette menace imminente qu'elle entrevoyait par éclats dans le regard brillant de l'homme, dans le sifflement vorace de sa voix qui demandait, qui exigeait de l'argent.

– Paye-moi maintenant, tu dois me payer !

Et qu'il attribuât l'immobilité, l'absence de réaction de Khady à un refus de lui donner ce qu'il voulait, elle en fut soudain précisément consciente – elle laissa mollir ses genoux, s'infléchir[3] son visage et légèrement s'ouvrir sa bouche en une sorte de sourire conciliant qu'il ne pouvait cependant sans doute pas discerner.

Elle s'entendit, comme de très loin, croasser – et n'était-ce pas un peu la voix de cet homme qu'elle imitait ?

– Payer, pourquoi je dois te payer ?

– Eh, c'était convenu, je t'ai amenée jusqu'ici !

---

1. **Ferrugineuse** : qui rappelle le fer.
2. **Dérobade** : action de se soustraire à une obligation ou à un engagement.
3. **S'infléchir** : se courber.

Brusquement elle lui tourna le dos, glissa la main le long de son ventre, tâtonna puis extirpa cinq billets chauds et moites, si usés et si doux qu'on aurait dit des morceaux de tissu.

Elle pivota et fourra les billets entre les doigts de l'homme.

Il les compta sans les regarder.

Il eut un grommellement satisfait, enfouit les billets dans la poche de son jean et Khady aussitôt regretta, à le voir calmé si vite, de lui avoir donné autant.

Elle sentait obscurément qu'elle eût été prête maintenant à lui demander non pas le nom de la ville où il l'avait emmenée ni même le nom de l'endroit où ils se trouvaient à présent mais la raison d'un tel voyage, qu'elle eût été en mesure de l'entendre et de tâcher d'en tirer un enseignement, mais une répugnance la retenait à l'idée de lui parler de nouveau, de percevoir sa propre voix puis la sienne à lui empreinte de ce grincement de gorge raclée qui lui rappelait le cri des oiseaux hargneux, noir et blanc aux ailes bordées de blanc.

Mais déjà il avait tourné les talons et quitté la cour.

Et alors qu'elle avait ignoré tout au long de la journée s'il était geôlier ou ange gardien, terrible ou bienveillant, alors qu'elle avait redouté de découvrir son regard, la disparition de cet homme bloqua le cours apaisé, studieux, absorbé de sa pensée nouvellement soumise et canalisée et Khady retomba dans les brumes vaguement angoissées de ses rêvasseries monotones.

Elle se laissa tomber à terre, se pelotonna sur son ballot.

Ni éveillée ni somnolente elle demeura ainsi prostrée, presque inconsciente de ce qui l'entourait et seulement accessible aux sensations de chaleur, puis de faim et de soif qu'elle éprouvait du fond de son inertie entrecoupée de soubresauts anxieux, jusqu'à ce qu'un soudain remue-ménage l'obligeât à lever la tête, à se dresser sur ses pieds.

Tous les occupants de la cour s'étaient mis debout à l'entrée, supposa rapidement Khady, d'un petit groupe d'hommes.

Des chuchotements agitèrent la foule auparavant silencieuse.

L'obscurité était profonde, lourde.

Khady pouvait sentir les filets de sueur rouler sous ses bras, entre ses seins, au creux de ses genoux qu'elle avait tenus repliés.

Des éclats de voix brefs, volontairement étouffés, lui parvinrent du côté des trois ou quatre individus qui venaient d'entrer, et bien qu'elle n'eût pas saisi ce qu'ils disaient, soit qu'elle fût trop éloignée, soit qu'ils se soient exprimés dans une langue inconnue d'elle, Khady comprit qu'il se passait enfin ce que les gens de la cour avaient attendu, au bruissement affairé, préoccupé, assourdi qui parcourait l'assemblée.

Un bourdonnement emplit son crâne.

Elle ramassa son paquet, suivit en chancelant[1] un peu le lent mouvement vers la porte.

À peine la rue sableuse eut-elle été atteinte, faiblement éclairée par un maigre croissant de lune, que le silence s'abattit de nouveau sur le groupe qui marchait maintenant en une file spontanément organisée et discrète, car même les petits enfants se tenaient tranquilles sur le dos de leur mère, derrière les hommes de tête, ceux qui avaient rompu la longue attente de la cour.

Au loin des chiens hurlaient.

C'était, avec le bruissement[2] des tissus, le frottement des tongs sur le sable, le seul bruit de la nuit.

Les dernières maisons disparurent.

Elle sentit alors ses minces semelles de plastique s'enfoncer dans un sable profond, encore tiède en surface et froid dessous, et la marche des uns et des autres autour d'elle s'alentit[3], gênée par les masses de sable fin qui alourdissaient tongs et savates[4] et soudain glaçaient les orteils et les chevilles alors que les tempes ruisselaient encore de sueur.

Elle perçut également comme par anticipation, comme avant même que cela ait eu lieu, la fin du silence prudent, tacite qui avait

1. **En chancelant** : en trébuchant, en manquant de tomber.
2. **Bruissement** : frémissement.
3. **S'alentit** : se ralentit.
4. **Savates** : vieilles chaussures.

prévalu dans la rue, elle devina à l'imperceptible frémissement, aux respirations accentuées qui faisaient frissonner l'onde régulière de la foule en mouvement que pour celle-ci le danger, quel qu'il eût été, d'être entendue, remarquée, était passé, ou bien peut-être que la tension avait atteint un point tel maintenant qu'on s'approchait de la mer que la question de la retenue ne pouvait qu'être oubliée, rejetée.

Des exclamations fusèrent[1] dont Khady ne put rien comprendre sinon la grande angoisse qui en altérait le ton.

Un enfant se mit à pleurer, puis un autre.

À l'avant les hommes qui menaient le groupe s'arrêtèrent, crièrent des ordres d'une voix enfiévrée, mauvaise.

Ils avaient allumé des lampes torches qu'ils braquaient tour à tour sur les figures comme à la recherche de traits particuliers, elle vit apparaître alors, par fragments fugaces rayonnant soudain d'une violente lumière blanche, les visages éblouis, yeux mi-clos, les visages singuliers de ceux dont elle n'avait pu jusqu'alors considérer que l'ensemble.

Tous étaient jeunes, à peu près comme elle.

Un homme lui fit penser fugitivement[2] à son mari, avec son air calme, un peu triste.

Son propre visage passa dans le faisceau de lumière brutale et elle songea : Oui, moi, Khady Demba, toujours heureuse de prononcer muettement son nom et de le sentir si bien accordé avec l'image qu'elle avait, précise et satisfaisante, de sa propre figure ainsi qu'avec son cœur de Khady, ce qui se nichait[3] en elle et auquel nul n'avait accès en dehors d'elle-même.

Mais elle avait peur maintenant.

Elle pouvait entendre le fracas des vagues toutes proches, elle distinguait d'autres lumières, moins crues, plus jaunes et chancelantes, du côté de la mer.

---

1. **Fusèrent** : jaillirent comme une fusée.
2. **Fugitivement** : de manière éphémère, qui dure très peu de temps.
3. **Se nichait** : s'installait.

Arrêt sur lecture 1

Pour comprendre l'essentiel

Khady Demba, une femme rejetée

1 Khady Demba est un personnage ordinaire, mais elle semble également posséder toutes les qualités d'un personnage romanesque. Retracez son enfance et sa jeunesse, puis classez les éléments propres à son parcours et à son tempérament selon leur caractère ordinaire ou extraordinaire.

2 Khady Demba est habitée par l'idée d'avoir un enfant pendant ses trois années de mariage. Dites quelles raisons peuvent l'expliquer.

3 Les personnages du récit ont une manière particulière de s'adresser à Khady. Étudiez l'attitude qu'ils adoptent à son égard.

Une triste réalité

4 Khady Demba a un rapport limité au temps et à l'espace. Analysez-le et justifiez votre réponse par des extraits précis du texte.

5 Les pages 30 et 31 sont caractérisées par de nombreux questionnements. Repérez toutes les phrases interrogatives et indiquez ce qu'elles traduisent.

6 Le passeur est comparé à un oiseau de mauvais augure (p. 30 à 37). Relisez son portrait et dites ce que cette image peut signifier pour Khady.

7 Regardez le reportage suivant sur le film *Les Oiseaux* d'Alfred Hitchcock (1963) : **https://www.youtube.com/watch?v=pfMJTAL3tNg**

Montrez à quoi ces oiseaux sont associés dans l'imaginaire collectif.

Une héroïne absente

8 La romancière évoque régulièrement l'absence de réactions de l'héroïne. Relevez les images récurrentes (métaphores, couleurs…) utilisées pour caractériser la torpeur dans laquelle Khady Demba se trouve.

9 L'héroïne entretient un rapport particulier avec la parole. Expliquez-le et dites quelle posture elle adopte en toutes circonstances.

✔ *Rappelez-vous !*

- En proie à un **double deuil**, celui de son mari et de l'enfant qu'elle n'aura jamais, Khady Demba, l'héroïne du récit, est persécutée par les membres de sa belle-famille. Son abattement, sa torpeur, et son silence relèvent d'un **mécanisme de défense**. Repliée sur elle-même comme le ballot qu'elle transporte lors de son périple, Khady est **déshumanisée**, **chosifiée**.
- Embrassant le point de vue de Khady Demba, le récit peut, dans un premier temps, **déstabiliser** le lecteur par ses lacunes, par son aspect incomplet. L'incertitude de Khady Demba à l'égard de son destin, son ignorance des villes, des régions ou des pays qu'elle traverse, son incapacité à cerner les enjeux de son départ vers l'Europe expliquent la priorité donnée aux **impressions sensorielles** plutôt qu'à la description des lieux.

Vers l'oral du Bac

Explication linéaire : Les divagations de Khady Demba, p. 18-20

➔ *En quoi les divagations de Khady Demba témoignent-elles de son inquiétude ?*

Conseils pour la lecture à voix haute

– Faites sentir les décrochages dans le texte entre l'action réelle et les hallucinations de Khady Demba. Pour cela, vous pouvez varier le ton, le débit ou les silences.

– Prenez le temps de lire et de comprendre le troisième paragraphe (l. 278-287), car sa syntaxe est enchevêtrée : une longue phrase s'y déploie sur treize lignes, où se multiplient les parenthèses, les subordonnées et les énumérations.

– Le passage est structuré par des contrastes, des antithèses ; faites-les entendre pour rendre le texte intelligible.

Explication linéaire du texte

Introduction

Isolée, marginalisée, violemment rejetée par sa belle-famille, Khady Demba, personnage au centre du troisième récit de *Trois femmes puissantes*, n'est pas sans rappeler les héroïnes malheureuses de certains contes de fées. À mi-chemin entre Cendrillon et Peau d'Âne, Khady se voit expulsée de l'espace domestique et contrainte de prendre la route. Veuve, sans enfant, elle est en effet considérée par la famille de son défunt mari comme un fardeau inutile. À ce stade du récit, Khady apprend qu'elle ne peut rester plus longtemps auprès d'eux et qu'elle doit entreprendre un obscur trajet vers l'Europe. Cet extrait expose les rêveries qui agitent Khady alors que sa belle-mère l'informe des circonstances de son départ.

Nous allons nous demander en quoi les divagations de Khady Demba témoignent d'une inquiétude à l'égard du sort qui l'attend. Nous étudierons d'abord les consignes d'une marâtre toute-puissante. Puis, nous verrons en quoi la rêverie constitue un refuge précaire contre une réalité inacceptable. Nous montrerons enfin dans quelle mesure les projections hallucinées de Khady sont le symptôme d'un esprit égaré.

Explication guidée

I. Lignes 272-277 : Les consignes d'une marâtre toute-puissante

a. Quel personnage issu des contes de fées peut rappeler la belle-mère de Khady ?

b. Quel est le point de vue employé ? Justifiez votre réponse.

c. Comment interprétez-vous l'oxymore « déplaisantes recommandations » (l. 274) ?

d. Quel niveau de précision contiennent les informations données par la belle-mère à Khady ?

II. Lignes 278-287 : La rêverie, refuge contre une réalité inacceptable

a. À travers quel procédé la romancière pointe-t-elle du doigt la rêverie inconsistante dans laquelle se complaît Khady ?

b. Analysez la syntaxe du passage suivant : « oubliant [...] s'en aller » (l. 280-282). En quoi l'ordre des mots dans la phrase insiste-t-il sur le déni de réalité chez l'héroïne ?

c. Pourquoi la rêverie s'avère-t-elle finalement inefficace ? En quoi l'énumération en rythme ternaire « réfléchir, entreprendre, décider » (l. 285) instaure-t-elle un rythme dans la phrase qui vient s'opposer à la rêverie ?

d. Quelle valeur accorder au commentaire entre parenthèses ligne 283 : qu'est-ce que cela dit du personnage ?

III. Lignes 288-294 : Les projections de Khady, symptôme d'un esprit égaré

a. Comment pouvez-vous interpréter le motif des « serpents se mordant la queue » (l. 288) au regard de la situation de Khady ?

b. En quoi la mention des « gais visages féminins » (l. 288-289) et l'inscription « Année de la femme africaine » (l. 290) peuvent-elles ici être comprises de manière ironique ?

c. Repérez le glissement de la description des vêtements à l'hallucination de Khady.

Conclusion

Dans cet extrait, l'extrême violence subie par le personnage est ainsi abordée sous un jour inattendu : au lieu de rapporter les propos de la belle-mère, la narratrice choisit d'immerger le lecteur dans les rêveries du personnage, pour rendre compte de son inquiétude à l'égard du sort qui l'attend. Khady refuse de prêter l'oreille aux consignes d'une marâtre toute-puissante et préfère se réfugier dans ses songes, pourtant de moins en moins efficaces contre les assauts du réel. Les projections fantasmagoriques de l'héroïne, faisant appel à un imaginaire issu des contes, sont révélatrices de son égarement. À la danse maléfique des serpents va succéder, dans la suite du récit, la prolifération inquiétante des oiseaux, nouvelle manifestation de l'effroi du personnage.

Question de grammaire

Relevez et commentez les propositions subordonnées relatives dans les trois premiers paragraphes.

Oh, elle avait bien peur.

Elle tenta frénétiquement, dans un effort de mémoire qui lui donna le vertige, de lier ce qu'elle voyait et percevait, lueurs vacillantes, grondement du ressac[1], hommes et femmes rassemblés sur le sable, à quelque chose qu'elle eût entendu dans la famille de son mari, au marché, dans la cour de la maison où elle avait vécu, auparavant encore quand elle tenait la buvette et ne pensait tout au long du jour qu'à l'enfant qu'elle voulait tant concevoir.

Il lui semblait qu'elle aurait pu se souvenir d'une bribe de conversation, de quelques mots sortant d'une radio, attrapés au vol et vaguement rangés en soi-même parmi les informations dénuées d'intérêt mais non de possibilités d'en avoir un jour, il lui semblait qu'elle avait su sans y prêter attention, sans y attacher d'importance, à certaine période de son existence la signification d'une telle réunion d'éléments (nuit, lampes tremblantes, sable froid, visages anxieux) et il lui semblait qu'elle le savait encore mais que les pesanteurs de son esprit récalcitrant[2] l'empêchaient d'accéder à cette zone de connaissances brouillonnes et chiches[3] auxquelles se rapportait peut-être, certainement, la scène qu'elle était en train de vivre.

Oh, elle avait bien peur.

Elle se sentit poussée dans le dos, entraînée par une soudaine progression du groupe vers le bruit des vagues.

Les hommes aux lampes torches vociféraient[4], de plus en plus pressants et nerveux à mesure que les gens s'approchaient de la mer.

Khady sentit que l'eau submergeait ses tongs.

Puis elle distingua nettement les lumières mouvantes devant elle, comprit qu'elles devaient provenir de lampes accrochées à l'avant d'un bateau, elle discerna alors, comme s'il lui avait fallu d'abord saisir de quoi il s'agissait pour le voir, les formes d'une grande barque

---

1. **Ressac**: mouvement violent des vagues.
2. **Récalcitrant**: qui résiste avec entêtement.
3. **Chiches**: minces, maigres.
4. **Vociféraient**: hurlaient avec colère.

semblable à celles dont elle guettait le retour lorsque, petite fille, sa grand-mère l'envoyait acheter du poisson sur la plage.

Les gens devant elle entraient dans l'eau, soulevant leurs bagages au-dessus de leur tête, puis se hissaient dans la barque, tirés par ceux qui y étaient déjà et dont Khady put entrevoir dans la clarté jaunâtre, fragile, mobile, les visages calmes, soucieux, avant de se retrouver elle-même avançant gauchement dans l'eau froide, jetant son paquet dans la barque, laissant des bras la haler[1] jusqu'à l'intérieur.

Le fond de la barque était rempli d'eau.

Elle agrippa son paquet, s'accroupit contre l'un des côtés du bateau.

Une odeur incertaine, putride[2] montait du bois.

Elle resta ainsi hébétée, stupéfaite tandis que grimpait encore dans la barque un tel nombre de personnes qu'elle craignit d'être étouffée, écrasée.

Elle se mit debout, titubante.

Prise de terreur, elle haletait[3].

Elle tira sur son pagne mouillé, passa une jambe par-dessus le bord du bateau, attrapa son ballot, souleva l'autre jambe.

Une douleur effroyable lui déchira le mollet droit.

Elle sauta dans l'eau.

Elle regagna la grève[4] en pataugeant, se mit à courir dans le sable, dans l'obscurité qui s'épaississait à mesure qu'elle s'éloignait du bateau, et bien que son mollet la fît considérablement souffrir et que son cœur cognât si fort qu'elle en avait la nausée, la conscience claire, indubitable, qu'elle venait d'accomplir un geste qui n'avait procédé que de sa résolution[5], que de l'idée qu'elle s'était formée à toute vitesse de l'intérêt vital qu'il y avait pour elle à fuir l'embarcation, la comblait d'une joie ardente, féroce, éperdue, lui révélant

1. **Haler** : tirer à bord d'un bateau.
2. **Putride** : qui résulte de la putréfaction, de la décomposition d'un matériau.
3. **Haletait** : respirait à un rythme court, précipité.
4. **Grève** : terrain plat situé au bord de l'eau.
5. **Résolution** : détermination.

dans le même temps qu'il ne lui était encore jamais arrivé de décider aussi pleinement de quoi que ce fût d'important pour elle puisque, son mariage, elle n'avait été que trop pressée d'y consentir lorsque cet homme gentil et tranquille, un voisin alors, l'avait demandée, lui permettant ainsi de s'éloigner de sa grand-mère mais certainement pas, songeait-elle suffocante, sans cesser de courir, certainement pas d'avoir l'impression que sa vie lui appartenait, oh non, certainement pas, ni que sa vie dépendait des choix qu'elle, Khady Demba, pouvait faire, car elle avait été choisie par cet homme qui s'était avéré être, par chance, un homme bon, mais elle l'avait ignoré au moment où ce choix s'était porté sur elle, elle l'avait ignoré en acceptant, reconnaissante, soulagée, d'être choisie.

Épuisée, elle se laissa tomber dans le sable.

Elle était pieds nus, ses tongs étaient restées dans l'eau ou peut-être au fond de la barque.

Elle tâta son mollet blessé, sentit sous ses doigts du sang, des chairs déchiquetées.

Elle se dit qu'elle avait dû accrocher sa jambe à un clou en passant par-dessus le bord du bateau.

La nuit était si noire qu'elle ne pouvait pas même discerner le sang sur sa main en approchant celle-ci tout près de ses yeux.

Elle frotta ses doigts dans le sable, longuement.

Ce qu'elle pouvait voir en revanche, c'était, au loin, bien plus loin qu'il lui semblait avoir couru, les petites lumières jaunâtres que la distance immobilisait et l'éclat blanc et puissant de la lampe torche qui traversait l'obscurité sans trêve, par saccades[1] énigmatiques.

Avant même d'ouvrir les yeux, à l'aube, elle comprit que ne l'avaient réveillée ni l'inquiétude ni la douleur pourtant vive de sa plaie au mollet ni l'intensité encore blafarde de la lumière mais un regard posé sur elle dont elle sentait l'insistance, l'immobilité, à une imperceptible démangeaison de sa peau, si bien qu'elle resta

1. **Par saccades**: par à-coups, de manière intermittente.

un moment à feindre le sommeil, tous les sens en alerte, afin de se donner le temps d'adopter une contenance.

Subitement elle souleva ses paupières, s'assit dans le sable.

À quelques mètres d'elle un jeune homme était agenouillé, qui ne baissa pas les yeux quand elle dirigea les siens vers lui et se contenta d'incliner légèrement la tête en montrant les paumes de ses mains, lui signifiant qu'elle ne devait pas le craindre, cependant qu'elle l'examinait d'un œil furtif, prudent et, repassant mentalement les images de la veille selon une cohérence et à une vitesse auxquelles elle aurait pu croire sa pensée trop déshabituée pour s'y plier, reconnaissait l'un des visages qu'elle avait entraperçus, blêmis par le faisceau de la lampe torche, juste avant de monter dans la barque.

Il lui parut être plus jeune qu'elle, vingt ans peut-être.

Et c'est presque d'une voix d'enfant, un peu haute, un peu grêle, qu'il demanda :

– Alors, ça va ?

– Merci, ça va bien, et toi ?

– Ça va, merci. Moi, c'est Lamine.

Elle hésita puis, sans pouvoir ôter complètement de sa voix un certain ton de fierté et presque d'arrogance, lui dit son nom complet :

– Khady Demba.

Il se leva, vint s'asseoir plus près d'elle.

La plage déserte, au sable grisâtre, était couverte de déchets, plastiques, bouteilles, sacs d'ordures crevés que Lamine considérait avec une froide application, ses yeux ne s'arrêtant, détachés, sur chaque détritus que pour en évaluer l'usage encore possible puis passant à un autre et rejetant le précédent non seulement dans l'oubli mais dans l'inexistence, tout simplement ne le voyant plus.

Son regard se posa sur le mollet de Khady, il eut un rictus[1] horrifié qu'il masqua gauchement[2] sous un vague sourire.

---

1. **Rictus** : sourire grimaçant.
2. **Gauchement** : maladroitement.

– Tu es bien blessée, hein.

Un peu contrariée, elle regarda à son tour.

La plaie béait[1] en deux parties encroûtées de sang noirci, couvertes de sable.

La tenace douleur ronronnante[2] sembla se réveiller sous son regard et Khady laissa échapper un geignement[3].

– Je sais où on peut trouver de l'eau, dit Lamine.

Il l'aida à se mettre sur ses pieds.

Elle sentit la force nerveuse, en permanente tension, de son corps efflanqué[4] et dur, comme raidi, aguerri par la défiance[5], le qui-vive[6], les privations aussi bien que la faculté d'effacer celles-ci de ses sensations de même qu'il paraissait ôter de sa vision, en les niant, les objets qu'il n'était pas intéressant de ramasser sur la plage.

Khady se savait un corps maigre et résistant mais non pas, comme celui du garçon, trempé dans le bain glacial des sacrifices obligés, de sorte que pour la première fois de sa vie elle eut l'impression d'avoir eu plus de chance qu'un individu précis.

Elle vérifia en palpant le haut de son pagne que le rouleau de billets était bien serré dans l'élastique de sa culotte.

Puis, refusant son aide, elle marcha au côté de Lamine vers la rangée de maisons et d'échoppes aux toits de tôle qui bordaient la plage au-delà de la dernière ligne d'ordures.

Chaque pas relançait la douleur.

Et comme, de surcroît, elle éprouvait une grande faim, elle souhaita ardemment[7] d'acquérir bientôt un corps insensible, minéral, sans désirs ni besoins, qui ne fût qu'un outil au service d'une

---

1. **Béait** : était ouverte.
2. **Ronronnante** : qui se manifeste de manière continue, comme un ronron.
3. **Geignement** : gémissement.
4. **Efflanqué** : maigre et longiligne.
5. **Aguerri par la défiance** : endurci par la crainte.
6. **Qui-vive** : état de quelqu'un qui est sur ses gardes.
7. **Ardemment** : avec ardeur, avec passion.

intention dont elle ignorait encore tout mais comprenait qu'elle serait bien forcée d'en trouver la nature.

Oh, elle savait déjà une chose, elle la savait non pas comme elle en avait eu l'habitude, c'est-à-dire sans savoir qu'elle savait, mais de façon consciente et nette.

Je ne peux pas revenir dans la famille, se dit-elle, ne se demandant même pas, car c'était inutile, si c'était là une bonne chose ou une source supplémentaire de détresse, ayant cependant l'impression, à penser ainsi clairement et calmement, qu'elle faisait, en quelque sorte, un choix.

Et lorsque Lamine lui eut fait part de sa propre intention, lorsqu'il lui eut assuré, de sa voix un peu stridente[1] entrecoupée de petits rires anxieux quand un mot lui manquait et qu'il semblait craindre alors de n'être pas pris au sérieux, qu'il arriverait un jour en Europe ou mourrait et qu'il n'y avait aucune autre solution au problème qu'était sa vie, il parut évident à Khady qu'il ne faisait là que rendre explicite son dessein à elle.

Aussi, en décidant de l'accompagner, n'ébranla-t-elle nullement sa propre conviction qu'elle dirigeait maintenant elle-même le précaire[2], l'instable attelage de son existence.

Bien au contraire.

Comme il l'avait conduite, dans le cœur de la ville, jusqu'à une pompe afin qu'elle pût ôter de sa blessure le sable qui s'y était collé, puis lui avait expliqué qu'il avait déjà tenté plusieurs fois de partir, que de menues ou graves circonstances imprévues l'avaient toujours empêché de réussir (ainsi, la veille, le délabrement de la barque l'avait fait renoncer) mais qu'il avait maintenant un savoir suffisant de ces occurrences[3] pour espérer les contrer ou les esquiver ou les accepter sans peur et qu'elles ne pouvaient être innombrables et qu'il pensait les avoir toutes expérimentées ou pénétrées par l'esprit, Khady reconnut tout simplement qu'il était au courant de choses qu'elle ne

1. **Stridente** : aiguë et perçante.
2. **Précaire** : fragile.
3. **Occurrences** : événements, occasions.

pouvait pas même se représenter et qu'en demeurant avec lui elle profiterait et s'emplirait de ces connaissances, au lieu de parcourir par ses propres moyens l'inconcevable chemin jusqu'à celles-ci.

Combien remarquable était à ses propres yeux qu'elle ne se fût pas dit : Qu'est-ce que je peux faire d'autre, de toute façon, qu'aller avec ce gars ? mais qu'elle eût pensé tirer profit de cette association.

Éblouie de douleur, elle nettoya la déchirure de son mollet.

Les deux morceaux de chair étaient nettement séparés.

Elle déchira une lanière dans le tissu du pagne qui lui servait de baluchon puis l'enroula bien serrée autour de son mollet afin de fermer les deux bords de la plaie.

Tout au long des jours qui suivirent, statiques[1] et lourds, l'air resta grisâtre, et la luminosité était intense cependant, comme si la mer aux tons de métal scintillant diffusait son éclat plombé.

Il semblait à Khady qu'il lui était accordé un suspens afin qu'elle pût s'imprégner d'une quantité d'informations telle qu'elle n'en avait encore jamais assimilé en vingt-cinq ans d'existence, et cela discrètement, sans avoir pratiquement l'air de rien apprendre, une prudence instinctive la retenant de montrer à Lamine l'étendue de son ignorance.

Il l'avait ramenée dans la cour d'où leur groupe était parti.

De nombreuses personnes s'y trouvaient de nouveau réunies et le garçon allait de l'une à l'autre en proposant de l'eau ou de la nourriture qu'il filait ensuite chercher dans la ville.

Ce qu'il rapportait pour Khady et pour lui, sandwiches à l'omelette, bananes, poisson grillé, il ne lui demanda jamais de le payer et Khady ne le proposa pas car elle avait pris le parti de ne parler de rien qui n'ait encore été mentionné, se contentant de réponses brèves à des questions tout aussi laconiques[2], et ainsi ne parlant pas d'argent comme Lamine n'en parlait pas, le questionnant en

---

1. **Statiques** : immobiles.
2. **Laconiques** : succinctes, courtes.

revanche avec une avidité contenue dès qu'il évoquait son voyage et les moyens de le réaliser, une insistance à laquelle elle tâchait de donner quelque chose de morne[1], de contraint, d'ennuyé, et elle sentait alors son visage se couvrir du voile de maussaderie[2] impénétrable à l'abri duquel, dans la famille de son mari, elle avait déroulé ses non-pensées tièdes et blêmes.

Oh, son esprit travaillait vite, à présent !

Il lui arrivait, à son esprit, de s'embrouiller, comme grisé[3] par ses propres compétences.

Il ne savait plus très bien alors si cette jeune figure fervente[4] là devant était celle du mari de Khady ou d'un inconnu prénommé Lamine ni les raisons exactes pour lesquelles il lui fallait ne rien oublier de ce qui sortait de cette bouche à l'haleine chaude, presque fiévreuse, et une tentation le prenait de se vider, de retourner à l'état d'avant, quand rien d'autre ne lui était demandé que de ne se compromettre en nulle affaire de la vie réelle.

Mais il ne s'agissait que de très brefs moments.

Khady mémorisait puis, la nuit venue, allongée dans la cour, classait les nouvelles informations par rang d'importance.

Ce qu'il convenait de garder toujours présent à l'esprit : le voyage pouvait durer des mois, des années, ainsi que cela s'était passé pour un voisin de Lamine qui n'avait gagné l'Europe (ce que c'était exactement que cela, l'Europe, et où cela se trouvait, elle remettait à plus tard de l'apprendre) qu'au bout de cinq ans après son départ de la maison.

Ceci encore : il était impératif d'acheter un passeport, Lamine connaissait une filière[5] sûre.

Et puis : le garçon se refusait maintenant à partir sur la mer depuis cette côte.

---

1. **Morne** : terne, morose.
2. **Maussaderie** : caractère de ce qui est maussade, c'est-à-dire mécontent, triste.
3. **Grisé** : excité, enflammé, enthousiasmé.
4. **Fervente** : qui témoigne d'une chaleur enthousiaste.
5. **Filière** : voie, chemin.

Le trajet serait plus long, beaucoup plus long, mais il passerait par le désert et arriverait à un certain endroit qu'il faudrait escalader pour se retrouver en Europe.

Et puis, et puis, avait dit Lamine à plusieurs reprises, son visage lisse et creux, luisant de sueur, soudain fermé, buté, il lui était indifférent de mourir s'il fallait même envisager de payer de ce prix la poursuite d'un tel but, mais vivre comme il avait vécu jusqu'à présent, il ne le voulait plus.

Bien que Khady exclût spontanément des données essentielles tout ce qui touchait à l'existence du garçon auparavant, bien qu'elle tâchât de ne plus l'écouter lorsqu'elle avait l'impression que cela ne lui serait pas utile, ne ferait que l'attrister ou l'embarrasser, voire, inexplicablement, l'emplir d'une douleur sourde comme s'il ravivait ainsi ses plus vieux souvenirs à elle plus encore que les siens, elle ne put empêcher sa mémoire de retenir qu'une belle-mère, nouvelle femme de son père après la mort de sa mère, avait battu Lamine à le rendre fou, des années durant.

Le garçon souleva son tee-shirt pour lui montrer dans son dos des traces rosâtres, légèrement boursouflées.

Il était allé au lycée, il avait échoué deux fois au bac.

Mais il avait, oh, de l'ambition pour ses études, il rêvait d'être ingénieur, qu'est-ce que cela voulait dire ? se demanda Khady malgré elle car elle ne voulait pas s'y intéresser.

Lorsqu'au bout de quelques jours elle entreprit de retirer le tissu qui protégeait son mollet, il collait si fortement à la plaie qu'elle dut l'arracher, provoquant dans tout le muscle une telle douleur qu'elle ne put retenir un cri.

Elle enroula serré une autre bande de tissu propre.

Elle marchait d'un coin à l'autre de la cour en boitillant et s'efforçait de s'habituer et de dresser son corps à cette entrave[1] afin que cette nouvelle situation, le pas ralenti et la douleur continue, devînt une part d'elle-même qu'elle pourrait oublier ou négliger,

1. **Entrave** : obstacle, frein.

reléguée parmi les circonstances, comme les histoires pénibles du passé de Lamine, qui, ne pouvant servir, risquaient seulement de freiner ou de dévier le développement encore jeune, incertain de ses pensées en y insinuant des éléments de trouble, d'incontrôlable souffrance.

De la même façon laissait-elle son regard glisser sur les visages des gens qui arrivaient chaque jour nombreux dans la cour – et son regard, elle le sentait, était neutre, froid, privé du moindre encouragement à lui adresser la parole, non qu'elle redoutât qu'on lui demande quelque chose (cela, elle ne le redoutait nullement) mais parce que son esprit s'affolait à la simple perspective qu'on pût lui raconter des existences douloureuses, compliquées, longues et difficiles à comprendre pour elle, Khady, qui manquait des principes que semblaient posséder naturellement les autres pour interpréter les choses de la vie.

Un jour le garçon l'emmena par les rues étroites, au sol sableux, dans l'échoppe d'un coiffeur à l'arrière de laquelle une femme prit des photos du visage de Khady.

Quelques jours encore après il revint avec un carnet bleu usé, plissé, qu'il donna à Khady en lui disant qu'elle s'appelait maintenant Bintou Thiam.

Les yeux du garçon avaient un air de fierté, de triomphe et d'assurance qui alerta légèrement Khady.

Elle se sentit fugacement redevenir faible, tributaire[1] de la détermination et des connaissances d'autrui comme des intentions indécelables[2] qu'on nourrissait à son propos, et la tentation l'effleura, par fatigue de vivre, de se résoudre à cette subordination[3], de ne plus réfléchir à rien, de laisser de nouveau sa conscience voguer dans le flux laiteux des songes.

Un peu écœurée, elle se reprit.

---

1. **Tributaire**: dépendante de quelqu'un ou de quelque chose.
2. **Indécelables**: imperceptibles.
3. **Subordination**: dépendance, soumission.

Elle remercia le garçon d'un hochement de tête.

Elle avait dans le mollet des élancements[1] terribles qui la rendaient distraite.

Mais, bien qu'elle fût toujours décidée à ne pas parler d'argent avant lui, elle ne pouvait plus ignorer cette question, et que Lamine eût acheté pour elle un passeport, qu'il se comportât comme s'il était évident qu'elle n'avait pas d'argent ou que, d'une façon ou d'une autre, elle paierait plus tard, cela l'inquiétait au point qu'elle souhaitait parfois le voir disparaître, s'évaporer de sa vie.

Elle s'attachait cependant à son visage fervent, à sa voix adolescente.

Elle se surprenait à le regarder avec plaisir, presque un tendre amusement lorsque, sautillant dans la cour comme ces oiseaux légers aux longues pattes grêles[2] qu'elle se rappelait avoir vus, enfant, sur la plage et dont elle pensait maintenant qu'elle ignorait le nom (car elle pouvait envisager maintenant que toute chose eût un nom et qu'elle l'ignorât, elle réalisait, gênée, avoir cru que ce qu'elle connaissait avait seul un nom), il passait d'un groupe à l'autre, œuvrant à ses affaires avec une fougue innocente, enfantine, qui inspirait confiance.

Il était habité d'une intuition particulière.

Elle commençait à trouver le temps long mais n'eût pas pensé un instant à s'en plaindre, quand il lui annonça qu'ils partaient le lendemain, et c'était comme si, songea-t-elle, il avait deviné l'ennui qu'elle s'était mis à éprouver sans trop s'en rendre compte et avait décidé qu'il s'agissait d'une mauvaise chose – mais pourquoi cela ?

Quelle importance cela pouvait-il avoir pour lui ?

Oh, certes, elle avait de l'amitié pour le garçon.

Ce soir-là, dans l'obscurité de la cour où ils étaient allongés, elle sentit qu'il se rapprochait d'elle, hésitant, incertain de sa réaction.

Elle ne le repoussa pas, elle l'encouragea en se tournant vers lui.

---

1. **Élancements** : douleurs aiguës.
2. **Grêles** : d'une minceur excessive.

Elle souleva son pagne, fit glisser sa culotte en enroulant soigneusement les billets dans le tissu, la serra sous sa tête.

Voilà des années qu'elle n'avait pas fait l'amour, pas une fois depuis que son mari était mort.

Et tandis qu'elle caressait prudemment le dos bourrelé du garçon et s'étonnait dans le même temps de la légèreté extrême de son corps et de la douceur, de la délicatesse presque excessives (car elle sentait à peine qu'il était là) avec lesquelles il bougeait en elle, lui revenaient comme par réflexe, rappelées aussitôt par cette sensation d'un corps sur le sien et bien que celui-là fût si différent du corps dense et lourd de son mari, les prières d'enfantement qu'elle n'avait cessé de murmurer à l'époque et qui l'avaient tenue à l'écart de tout plaisir possible, qui l'avaient détournée de la concentration nécessaire à toute recherche de jouissance.

Elle les chassa farouchement.

Une sorte de bien-être, de confort physique l'envahit alors – rien de beaucoup plus vif que cela, rien qui ressemblât à ce dont parlaient entre elles, avec des soupirs et de petits rires, ses belles-sœurs, mais Khady en fut heureuse et reconnaissante au garçon.

Quand il se dégagea il heurta durement, par inadvertance, son mollet.

Une explosion de douleur ravagea la conscience de Khady.

Elle haletait, à demi évanouie.

Elle entendait les murmures inquiets de Lamine à son oreille, elle songeait, souffrant au point qu'elle en était presque détachée et comme surprise, étrangère à elle-même qui souffrait si violemment, elle songeait : Qui s'est jamais soucié de moi comme il le fait, ce garçon si jeune, j'ai de la chance, vraiment, de la chance…

Ils montèrent avant l'aube dans un camion au plateau découvert où s'entassait déjà tellement de monde qu'il parut impossible à Khady de trouver le moindre espace où se loger.

Elle se percha sur un tas de ballots, à l'arrière du camion, à grande hauteur au-dessus des roues.

Lamine lui recommanda de s'agripper fermement aux ficelles des paquetages afin de ne pas tomber.

Il était assis tout contre elle, à cheval sur une caisse, et Khady pouvait sentir l'odeur acide, légère de sa sueur qui s'unissait à la sienne par l'intermédiaire de leurs bras collés l'un à l'autre.

– Si tu tombes, le chauffeur ne s'arrête pas et tu meurs dans le désert, lui souffla le garçon.

Il lui avait confié une gourde de cuir remplie d'eau tiède.

Khady l'avait vu donner tout un paquet de billets au chauffeur en expliquant qu'il payait pour elle également, puis il l'avait aidée à grimper dans le camion, incapable qu'elle était, avec sa jambe qui lui semblait être devenue si lourde, de se hisser toute seule.

L'exaltation réprimée, dissimulée sous des gestes pointilleusement[1] précis (comme celui de vérifier de multiples fois si le bouchon de la gourde était bien serré) et des recommandations répétées, rabâchées[2] d'une voix basse et lente (Accroche-toi, si tu tombes, le chauffeur ne s'arrête pas et tu meurs dans le désert), qu'elle devinait pourtant à d'infimes[3] tressaillements sur le visage de Lamine, cette ardeur légèrement enivrée l'avait gagnée, de telle sorte qu'elle n'était pas effrayée ni humiliée de se voir assistée par le garçon dans les gestes les plus simples et que ce soutien qu'il lui apportait, ces deux mains qu'il avait entrecroisées afin qu'elle y posât le pied puis qu'il avait élevées vigoureusement pour lui faire atteindre le haut du camion, ne remettait nullement en cause l'idée qu'elle avait maintenant de sa propre indépendance, de son affranchissement d'une quelconque volonté d'autrui la concernant, de même qu'elle s'attachait à ne voir dans l'argent que Lamine donnait pour elle au chauffeur rien qui fût en rapport avec sa propre responsabilité.

1. **Pointilleusement** : de manière minutieuse, scrupuleuse.
2. **Rabâchées** : répétées souvent.
3. **Infimes** : insignifiants, minimes.

Cela ne devait avoir, pour Khady Demba, aucune conséquence. S'il plaisait à Lamine de jouer un rôle crucial dans l'avènement de sa liberté, elle lui en avait de la gratitude – oui, son affection pour le garçon était grande et sincère mais ne la rendait comptable[1] de rien.

La tête lui tournait un peu.

L'intense douleur, qui ne s'apaisait jamais à présent, se mêlait à la joie, et c'était comme si cette dernière l'élançait violemment elle aussi.

Quand le camion s'ébranla, la secousse lui fit perdre l'équilibre.

Lamine la retint de justesse.

– Tiens bon, tiens bon, lui cria-t-il à l'oreille, et elle pouvait voir de près sa figure maigre et creuse rosie par la lumière de l'aube, ses lèvres pâles, gercées qu'il humectait d'innombrables coups de langue, ses yeux un peu fous, un peu hagards[2], pareils, songea-t-elle, à ceux qu'elle avait vus un jour, sombres et affolés, d'un grand chien jaunâtre que des femmes du marché avaient acculé[3] contre un mur et auquel, armées de bâtons, elles s'apprêtaient à faire payer le vol d'un poulet – pareils à ces yeux de chien emplis d'une terreur innocente qui avaient croisé le regard de Khady et avaient alors atteint son cœur refroidi, engourdi, un instant l'avaient fait vibrer de sympathie et de honte.

Était-ce pour elle que Lamine avait eu si grand-peur ?

Elle s'écarta très légèrement de ce visage enflammé, oh, elle en sentait la chaleur presque insupportable sur sa peau.

Cramponnée aux ficelles, elle regarda s'espacer puis disparaître les dernières maisons le long de la route.

Était-ce pour elle qu'il avait eu si grand-peur ?

Elle devait se rappeler, sans amertume, avec une sèche tristesse, les attentions que Lamine avait eues à son égard.

---

1. **Comptable** : ici, redevable.
2. **Hagards** : égarés, perdus, agrandis par la peur.
3. **Acculé** : poussé dans un coin, dans une pièce sans issue ou contre un mur, de telle sorte que tout recul est impossible.

Tout cela, elle se le rappellerait sans jamais penser néanmoins qu'il avait cherché à la tromper, et cette tristesse distante qu'elle éprouverait en resongeant à l'inquiétude qu'il avait eue pour elle le concernerait lui bien plus qu'elle – c'est la destinée du garçon qui l'affecterait jusqu'à tirer de ses yeux deux larmes parcimonieuses[1] et froides, tandis qu'elle jugerait de son propre sort avec neutralité, presque détachement, comme si, elle, Khady Demba, n'ayant jamais misé sur la vie la même somme d'espoir que Lamine, n'avait pas lieu de se plaindre d'avoir tout perdu.

Elle n'avait pas perdu grand-chose, penserait-elle – et pensant également, avec cette impondérable[2] fierté, cette assurance discrète et inébranlable: Je suis moi, Khady Demba, alors que, les muscles des cuisses endoloris, la vulve[3] gonflée et douloureuse et le vagin brûlant, irrité, elle se relèverait maintes fois par jour de l'espèce de matelas, morceau de mousse grisâtre et puant qui serait pour de si longs mois son lieu de travail.

Elle n'avait pas perdu grand-chose, penserait-elle.

Car jamais, au plus fort de l'affliction et de l'épuisement, elle ne regretterait la période de sa vie où son esprit divaguait dans l'espace restreint, brumeux, protecteur et annihilant[4] des songes immobiles, au temps où elle vivait dans sa belle-famille.

Elle ne regretterait pas davantage l'époque de son mariage, quand chaque pensée n'était faite que de l'attente d'une grossesse.

Au vrai, elle ne regretterait rien, immergée tout entière dans la réalité d'un présent atroce mais qu'elle pouvait se représenter avec clarté, auquel elle appliquait une réflexion pleine à la fois de pragmatisme et d'orgueil (elle n'éprouverait jamais de vaine honte, elle n'oublierait jamais la valeur de l'être humain qu'elle était, Khady Demba, honnête et vaillante) et que, surtout, elle imaginait transitoire, persuadée que ce temps de souffrance aurait une fin et

1. **Parcimonieuses**: ici, répandues en trop petite quantité.
2. **Impondérable**: imperceptible.
3. **Vulve**: organes génitaux externes de la femme.
4. **Annihilant**: destructeur.

qu'elle n'en serait certainement pas récompensée (elle ne pouvait penser qu'on lui devait quoi que ce fût pour avoir souffert) mais qu'elle passerait simplement à autre chose qu'elle ignorait encore mais qu'elle avait la curiosité de connaître.

Quant à l'enchaînement des situations qui les avait amenés là, elle et Lamine, elle l'avait en tête précisément et s'efforçait, calmement, froidement, de le comprendre.

Après une journée et une nuit de route, le camion s'était arrêté à une frontière.

Tous les voyageurs étaient descendus, s'étaient rangés en file et avaient présenté leur passeport à des militaires qui criaient un mot, un seul, que Khady avait compris bien qu'il ne fût pas de sa langue.

Argent.

À ceux qui levaient leurs mains, paumes en l'air, pour signifier qu'ils n'avaient rien ou qui sortaient trop peu de leur poche, ils assenaient[1] de tels coups de matraque que certains tombaient à terre où ils demeuraient, inconscients, parfois rossés[2] encore par un soldat que ses efforts pour cogner, le travail que cela lui demandait, semblaient étourdir de fureur.

Khady s'était mise à trembler de toute sa chair.

Lamine, debout près d'elle, lui avait pressé la main.

Elle pouvait voir la mâchoire du garçon tressauter[3] comme si ses dents claquaient derrière ses lèvres serrées.

Il avait tendu son passeport au militaire et quelques billets roulés en montrant Khady, puis lui-même.

L'homme avait pris les billets du bout des doigts, avec mépris.

Il les avait jetés à terre.

Il avait lancé un ordre et un soldat avait frappé Lamine dans le ventre.

Plié en deux, le garçon était tombé à genoux, sans un mot, sans un geignement.

---

1. **Assenaient** : donnaient avec force.
2. **Rossés** : frappés avec violence.
3. **Tressauter** : être secoué de mouvements désordonnés.

Le soldat avait sorti un couteau, soulevé l'un des pieds de Lamine et d'un coup de lame avait fendu la semelle du garçon.

Il avait passé un doigt dans la fente, puis il avait fait de même avec l'autre chaussure.

Et quand Lamine, presque aussitôt, comme si le danger était plus grand de rester prostré que de faire face à son ennemi, s'était remis debout, chancelant, ses genoux osseux cognant l'un contre l'autre, Khady avait pu voir deux filets de sang couler de sous ses chaussures, aussitôt bus par la poussière.

Celui des militaires qui commandait aux autres s'était alors approché d'elle.

Khady avait tendu le passeport que Lamine avait fait faire pour elle.

L'esprit limpide quoiqu'elle ne pût empêcher son corps entier de grelotter, elle avait glissé la main dans la ceinture de son pagne, avait tiré la maigre liasse de billets qui, serrée par l'élastique de sa culotte, détrempée de sueur, ressemblait à un bout de chiffon verdâtre, l'avait posée délicatement, respectueusement dans la main de l'homme tout en collant son épaule à celle de Lamine pour bien montrer qu'ils étaient ensemble.

Cela faisait maintenant plusieurs semaines, elle ne savait au juste combien, qu'ils étaient échoués dans cette ville du désert, non pas celle où le soldat avait entaillé la plante des pieds de Lamine mais une autre, plus éloignée de leur point de départ, où les avait conduits le camion une fois passé ce premier contrôle.

Ceux des voyageurs qui avaient encore de l'argent, qu'ils l'eussent dissimulé très habilement ou que, pour d'obscures raisons, ils n'eussent pas été fouillés ni battus, avaient pu continuer la route en payant une nouvelle fois le chauffeur.

Mais elle, Khady Demba, Lamine et quelques autres, avaient dû s'arrêter là, dans cette ville envahie par le sable, aux maisons basses couleur de sable, aux rues et aux jardins de sable.

Affamés, épuisés, ils s'étaient allongés pour dormir devant l'espèce de gare routière où les avait abandonnés le camion.

D'autres camions attendaient, prêts à repartir avec leur chargement de passagers.

Quand ils s'étaient réveillés à l'aube, tout engourdis[1] de froid, le sable les avait recouverts entièrement et le mollet de Khady lui causait une telle souffrance qu'il lui semblait, par flashes, que cela ne pouvait être réel, soit qu'elle fût en train de se débattre dans le plus cruel cauchemar de son existence, soit qu'elle fût déjà morte et dût comprendre que c'était cela, sa mort, une insoutenable et pourtant durable, permanente douleur physique.

Le tissu dont elle avait bandé son mollet plusieurs jours auparavant s'était comme incrusté dans la plaie.

Il était humide sous les grains de sable, imprégné d'un suintement[2] rougeâtre, nauséabond.

Elle n'eut pas la force de l'enlever bien qu'elle sût qu'elle aurait dû le faire – tout juste trouva-t-elle assez de courage pour bouger doucement sa jambe raidie, parcourue de fourmillements.

Elle finit par se lever, secoua le sable de ses cheveux, de ses vêtements.

Elle fit quelques pas en claudiquant[3].

Des formes couvertes de sable remuaient sur le sol.

Elle revint vers Lamine qui s'était assis et qui, déchaussé, le visage inexpressif, regardait la plante de ses pieds que le couteau du soldat avait fendue en même temps que les semelles.

Une croûte de sang séché traçait une ligne sombre sur la peau racornie[4], fendillée.

Elle savait que le garçon avait mal mais qu'il ne le montrerait pas ni ne parlerait jamais de ses blessures, elle savait aussi qu'à son regard interrogateur il ne répondrait que par une expression volontairement morne qui masquerait son humiliation (oh, comme il était humilié, comme elle en était désolée pour lui et navrée de

1. **Engourdis** : rendus insensibles.
2. **Suintement** : écoulement lent d'un liquide.
3. **Claudiquant** : boitant.
4. **Racornie** : desséchée, durcie.

ne pouvoir à sa place endosser l'humiliation, elle qui savait supporter cela, qui en était profondément si peu affectée), car quelle explication convaincante pourrait-il lui donner sinon de cet échec, en tout cas d'un tel ralentissement, si tôt survenu, de leur périple, lui qui l'avait assurée tout connaître à présent des obstacles et des dangers de la route ?

Elle savait bien cela, elle le comprenait et l'acceptait – cette mortification[1] qui vidait son regard, le rendait, lui, inaccessible, si différent du garçon intense et amical qu'il avait été.

Le comprenant, elle ne lui en tenait pas rigueur[2].

Ce qu'elle ignorait à ce moment-là, ce qu'elle n'avait pas encore les moyens d'envisager et qui se découvrirait peu à peu à son entendement, c'est que le garçon était grandement et doublement humilié, à la fois de ce qu'il s'était passé la veille et, a priori, de quelque chose qui n'était pas encore arrivé et dont l'esprit non pas naïf mais inexpérimenté de Khady n'avait pas encore l'intuition mais dont le garçon savait, lui, que cela arriverait, voilà pourquoi, comprendrait Khady plus tard, il avait eu honte devant elle, honte de savoir et qu'elle ne sût pas et honte de la chose elle-même, voilà pourquoi toute la personne du garçon s'était retirée loin d'elle, durcie dans l'épouvante et ne voulant avoir, avec l'innocence de Khady, nulle affaire.

Lui avait-il dit, par la suite, quoi que ce fût de précis ?

Elle ne s'en souviendrait pas exactement.

Il lui semblerait cependant que non.

Simplement ils avaient erré, boitant l'un et l'autre de deux manières différentes (le garçon s'efforçant de ne poser sur le sol que la tranche extérieure de ses pieds, elle, Khady, évitant de prendre appui sur sa jambe malade et avançant par sautillements irréguliers) par les rues accablées d'une chaleur sèche et poussiéreuse, sous le ciel jaunâtre, couleur de sable, scintillant.

---

1. **Mortification** : vexation, humiliation.
2. **Ne lui en tenait pas rigueur** : ne lui en voulait pas.

Les cheveux ras de Lamine, son visage et ses lèvres craquelées étaient encore couverts de sable.

Hébétés, et pour échapper à l'espace sans ombre, ils s'étaient réfugiés dans une gargote[1] aux murs de terre, sans fenêtre, où, dans la demi-obscurité, ils avaient mangé des morceaux de chèvre grillés durs et filandreux et bu du coca, sachant tous les deux qu'ils n'avaient plus même pour payer cette austère[2] nourriture le moindre argent et Lamine se retranchant dans ce détachement âpre, déchirant à l'abri duquel, seul avec son indignité, il pouvait, croyait-il peut-être, empêcher celle-ci de contaminer Khady, lui qui savait ce qu'il adviendrait et elle, croyait-il peut-être, l'ignorant encore – mais elle l'avait pressenti alors que, achevant de mastiquer un dernier morceau de viande qu'elle fit passer avec une dernière goulée de soda, et ses yeux croisant les yeux hostiles, à demi clos, de la femme qui les avait servis, qui, affalée sur une chaise dans le coin le plus obscur, les scrutait, elle et le garçon, en respirant bruyamment, elle s'était demandé comment ils allaient maintenant s'acquitter de ce qu'ils devaient et qu'à sa façon le regard appréciateur, inquisiteur[3], inamical de la femme lui avait répondu.

Elle s'attacherait férocement à cette conviction, pendant toute cette période, que la réalité de la seule douleur physique était à prendre en compte.

Car son corps souffrait en permanence.

La femme la faisait travailler dans une pièce minuscule qui donnait sur une cour à l'arrière de la gargote.

Sur le sol au dur carrelage, un matelas de mousse.

Khady s'y trouvait allongée la plupart du temps, vêtue d'une combinaison[4] beige, quand la femme introduisait un client, généralement

1. **Gargote** : petit restaurant bon marché qui sert des plats médiocres.
2. **Austère** : sobre, sans fantaisie.
3. **Inquisiteur** : qui témoigne d'une curiosité indiscrète, insistante.
4. **Combinaison** : ici, sous-vêtement féminin à bretelles, robe courte et légère.

un homme jeune à l'allure misérable, lui aussi échoué dans cette ville où il survivait comme boy[1], et qui jetait souvent en entrant dans la pièce torride, étouffante, des coups d'œil effarés autour de lui, comme pris au piège de ce qui était à peine, songeait Khady, son propre désir mais les manœuvres de la tenancière[2] qui tâchait d'amener là chaque client de sa gargote.

La femme s'en allait en fermant la porte à clé.

L'homme alors baissait son pantalon dans une hâte presque inquiète, comme s'il s'agissait d'en finir au plus vite avec quelque obligation pénible et vaguement menaçante, il s'allongeait sur Khady qui écartait le plus possible sa jambe malade, bandée de frais chaque jour par la femme, afin d'éviter tout heurt[3], et alors qu'il la pénétrait en laissant échapper souvent une plainte étonnée, car la récente démangeaison qui enflammait et desséchait le vagin de Khady échauffait aussitôt le sexe du client, elle rassemblait toutes ses forces mentales pour contrer les multiples attaques de la douleur qui assaillait son dos, son bas-ventre, son mollet, pensant : Il y a un moment où ça s'arrête, et sentant rouler sur son cou, sur sa poitrine à demi cachée par la bordure en dentelle de la combinaison, la sueur abondante de l'homme qui se mêlait à la sienne, pensant encore : Il y a un moment où ça s'arrête, jusqu'à ce que l'homme, laborieusement[4], eût terminé et, dans une exclamation de douleur et de déception, promptement se fût retiré d'elle.

Il cognait à la porte et ils entendaient tous deux les pas lents et lourds de la femme qui venait ouvrir.

Certains clients rouspétaient[5], protestant qu'ils avaient mal, que la fille n'était pas saine[6].

---

1. **Boy** : domestique indigène dans les pays anciennement colonisés.
2. **Tenancière** : patronne.
3. **Heurt** : choc, collision.
4. **Laborieusement** : péniblement.
5. **Rouspétaient** : ici, protestaient, manifestaient leur mécontentement.
6. **Que la fille n'était pas saine** : que la fille était porteuse d'une maladie sexuellement transmissible.

Et Khady songeait, surprise : La fille, c'est moi, presque amusée qu'on pût la dénommer ainsi, elle qui était Khady Demba dans toute sa singularité.

Elle demeurait étendue un moment encore après le départ des deux autres.

Les yeux grands ouverts, le souffle lent, elle détaillait, très calme, les fissures des murs rosâtres, le plafond de tôle, la chaise de plastique blanc sous laquelle elle avait rangé son ballot.

Parfaitement immobile, elle entendait battre sourdement, calmement, son propre sang à ses oreilles et, si elle remuait tant soit peu, le bruit de succion de son dos mouillé sur le matelas tout imbibé de sueur et l'infime clapotement dans sa vulve brûlante, et elle sentait refluer doucement la douleur et la vaincre la puissance juvénile[1], impétueuse de sa constitution solide et volontaire, et elle pensait, calme, presque sereine : Il y a un moment où ça s'arrête, si calme, si sereine que lorsque la femme revenait non pas seule comme elle le faisait habituellement, pour la laver, la soigner et lui donner à boire, mais en compagnie d'un autre client qu'elle faisait entrer avec une vague mimique de regret ou d'excuse en direction de Khady, elle n'en éprouvait qu'un brusque abattement, un instant de désorientation et de faiblesse, avant de penser, calmement : Il y a un moment où ça s'arrête.

La femme, après qu'elle avait imposé à Khady de ces rapports coup sur coup, s'occupait d'elle avec une sollicitude[2] toute maternelle.

Elle arrivait avec un seau rempli d'eau fraîche et une serviette et baignait le bas-ventre de Khady avec douceur.

Le soir, elles s'asseyaient toutes deux dans la cour et Khady mangeait un bon repas de bouillie de maïs et de viande de chèvre en sauce arrosé de coca-cola, et elle en gardait une portion pour Lamine.

---

1. **Juvénile** : jeune, vive.
2. **Sollicitude** : soins affectueux dispensés à une personne.

La femme ôtait le bandage de Khady, enduisait de graisse la blessure qui était gonflée et nauséabonde, la serrait de nouveau dans un tissu propre.

Et comme elles étaient là, paisiblement assises dans la tiédeur du soir, repues[1], et que, si Khady se tournait vers la femme, elle ne distinguait dans le crépuscule que les contours d'une face ronde et bienveillante, il lui semblait parfois être revenue au temps de son enfance qui, bien que brutale, enténébrée[2], confuse, avait connu de ces moments presque heureux, lorsque Khady s'asseyait aux pieds de sa grand-mère, le soir devant la maison, afin d'être coiffée.

Juste avant la nuit Lamine arrivait.

Il se coulait dans la cour pareil, songeait Khady avec un brin de pitié et de dégoût, à un chien qui redoute la bastonnade[3] mais craint plus encore de trouver sa gamelle vide – à la fois voûté et véloce[4], furtif et âpre, et Khady comme la femme feignaient de ne l'avoir pas remarqué, elle par délicatesse, la femme par mépris, et Lamine ramassait l'assiette pleine et l'emportait dans la chambre de Khady où la femme l'autorisait, ou du moins ne le lui défendait pas, à passer la nuit, à la condition implicite qu'il eût dégagé dès l'aube.

Avant de rentrer dormir, la femme remettait à Khady une petite partie de l'argent gagné.

Khady se retirait à son tour, retrouvait la chambre rosâtre éclairée par une faible ampoule crasseuse suspendue à la tôle.

Elle avait alors l'impression, en voyant Lamine, auparavant si énergique, accroupi dans un coin et raclant l'assiette de sa cuiller, que toutes ses douleurs la rattrapaient.

Car à la honte sans remède du garçon que pouvait-elle opposer sinon l'évidence un peu lasse de son propre honneur à jamais sauvegardé, la conscience un peu lasse de son irrévocable dignité ?

---

1. **Repues** : qui ont assouvi leur faim, qui ont mangé à satiété.
2. **Enténébrée** : triste, sombre.
3. **Bastonnade** : punition par coups de bâton.
4. **Véloce** : agile, rapide.

Il eût préféré peut-être la voir humiliée, désespérée.

Mais il avait seul la charge de l'humiliation et du désespoir et Khady sentait qu'il lui en voulait sans s'en rendre compte, c'est pourquoi elle aurait aimé, le soir, qu'il ne fût pas là encombrant l'espace réduit de ses amertumes, de ses reproches muets, obscurs et injustes.

Elle savait aussi qu'il lui avait de la rancune qu'elle refusât maintenant de faire l'amour avec lui.

La raison qu'elle se donnait à elle-même et qu'elle avait dite au garçon était que son sexe boursouflé, ulcéré[1] avait besoin de repos.

Mais, elle le pressentait, également ceci : Lamine avait honte d'elle et pour elle tout autant qu'il avait honte de lui.

Elle en était contrariée.

De quel droit l'incluait-il dans ce sentiment d'abjection[2] qu'il éprouvait, lui, parce qu'il n'avait pas sa force d'âme ?

Aussi refusait-elle de se laisser toucher, peu désireuse d'avoir mal pour le contenter.

Elle s'écroulait sur le matelas, silencieuse, fatiguée.

Ce que faisait le garçon de ses journées solitaires dans la ville suffocante, desséchante, il ne lui importait pas de le savoir.

Elle sentait venir sur ses lèvres une moue[3] renfrognée[4] qui devait décourager toute velléité[5] de discussion.

Cependant que, ses doigts se tendant machinalement vers le mur pour en caresser les crevasses et les bosses, et juste avant que le sommeil l'emporte, un sursaut de joie sauvage faisait trembler son corps rompu[6] comme elle se rappelait soudain, feignant de l'avoir oublié, qu'elle était Khady Demba : Khady Demba.

1. **Ulcéré** : qui est atteint d'un ulcère, perte de peau qui crée une lésion.
2. **Abjection** : caractère de ce qui est indigne, ignoble.
3. **Moue** : grimace qui manifeste de l'arrogance, de l'ennui.
4. **Renfrognée** : mécontente.
5. **Velléité** : vague envie.
6. **Rompu** : extrêmement fatigué.

Elle s'éveilla un matin et le garçon n'était plus là.

Curieusement elle comprit ce qu'il s'était passé avant même de constater l'absence de Lamine, elle le comprit dès son réveil et bondit vers le ballot défait, ouvert sous la chaise où elle l'avait laissé bien noué, elle en sortit le peu qu'il contenait, deux tee-shirts, un pagne, une bouteille de bière vide et propre, et, gémissant, dut constater ce qu'elle avait compris avant de s'apercevoir de quoi que ce fût, que tout son argent avait disparu.

Ce n'est qu'à cet instant qu'elle réalisa qu'elle était seule dans la pièce.

Elle se mit à pousser de petits cris de détresse.

La bouche grande ouverte, il lui semblait étouffer.

Pour s'être éveillée dans la certitude qu'une mauvaise action avait été commise à son encontre, avait-elle, durant la nuit, entendu quelque chose ou avait-elle fait de ces rêves qui coïncident exactement avec une réalité à venir ?

Elle sortit, traversa la cour en boitant si fort qu'elle manquait trébucher à chaque pas, se précipita dans la gargote où la femme buvait son premier café du matin.

– Il est parti, il m'a tout volé ! cria-t-elle.

Elle s'affala sur une chaise.

La femme la considérait d'un air froid, avisé[1], très lointainement apitoyé[2].

Elle finit son café avec une satisfaction un peu gâtée[3] par l'irruption de Khady, fit claquer sa langue sur son palais puis, péniblement, se leva pour s'approcher de Khady, la prendre dans ses bras et, maladroite, la bercer en lui promettant qu'elle ne la laisserait pas tomber.

– Pas de risque, chuchota Khady, avec ce que je te rapporte.

Elle songeait dans un profond accablement que tout était à recommencer, que tout devrait être enduré de nouveau et davantage

1. **Avisé** : clairvoyant, sage.
2. **Apitoyé** : ému de pitié.
3. **Gâtée** : ici, gâchée.

encore car sa chair était affreusement meurtrie, alors que la veille seulement elle avait calculé que deux ou trois mois de travail leur suffiraient, à elle et au garçon, pour continuer le voyage.

Le garçon, oh, elle l'avait déjà oublié.

Elle ne se rappellerait au bout de peu de temps ni son prénom ni son visage et le souvenir qu'elle garderait de cette trahison serait celui d'un coup du sort.

Quand elle repenserait à cette époque, elle arrondirait à une année le temps passé entre la gargote et la chambre rosâtre mais elle savait que cela avait probablement duré beaucoup plus et qu'elle s'était, elle aussi, ensablée dans la ville désertique, comme la plupart des hommes qui venaient la voir, qui erraient là depuis des années, ayant perdu le compte exact, venus de pays divers où leur famille devait les croire morts car ils n'osaient, honteux de leur situation, donner de leurs nouvelles, et dont le regard flottant, apathique[1] passait sur toute chose sans paraître rien voir.

Il leur arrivait de rester allongés près de Khady, inertes[2] et impénétrables, et ils semblaient alors avoir oublié pour quoi ils étaient venus ou le juger si dérisoire et exténuant qu'ils préféraient finalement demeurer ainsi, ni endormis ni véritablement vivants.

Mois après mois Khady maigrissait.

Elle avait de moins en moins de clients et passait une bonne partie de ses journées dans la pénombre de la gargote.

Et cependant son esprit était clair et vigilant et elle se sentait encore parfois inondée d'une joie chaude quand, seule dans la nuit, elle murmurait son nom et une fois de plus le trouvait en convenance exacte avec elle-même.

Mais elle maigrissait et s'affaiblissait et la blessure de son mollet tardait à guérir.

---

1. **Apathique** : sans énergie.
2. **Inertes** : qui demeurent figés, sans expression.

Il arriva pourtant un jour où son pécule[1] lui parut suffisant pour qu'elle tentât de repartir.

Pour la première fois depuis des mois elle sortit dans la rue, claudiqua dans la fournaise[2], retrouva le parking d'où partaient les camions.

Elle revint chaque jour, obstinée, cherchant à comprendre avec qui elle devait se lier, parmi les hommes nombreux qui hantaient l'endroit, pour réussir à monter dans l'un des camions.

Et elle n'était plus surprise de l'écho âpre, combatif de sa propre voix dure et asexuée[3] qui questionnait avec les quelques mots d'anglais qu'elle avait appris dans la gargote, non plus que ne la surprit le reflet, dans le rétroviseur d'un camion, du visage hâve[4], gris, surmonté d'une étoupe[5] de cheveux roussâtres, du visage aux lèvres étrécies et à la peau desséchée qui se trouvait donc être le sien maintenant et qu'on n'aurait pu dire avec certitude, songea-t-elle, être celui d'une femme, et de son corps squelettique on n'aurait pu l'affirmer non plus et néanmoins elle restait Khady Demba, unique et nécessaire au bon ordonnancement[6] des choses dans le monde bien qu'elle ressemblât maintenant de plus en plus à ces êtres égarés, faméliques[7], aux gestes lents qui vaguaient dans la ville, qu'elle leur ressemblât au point de songer : Entre eux et moi, quelle différence essentielle ? après quoi elle riait intérieurement, ravie de s'être fait à elle-même une bonne plaisanterie, et se disait : C'est que je suis, moi, Khady Demba !

Non, plus rien ne la surprenait, plus rien ne l'effrayait, pas même cette immense fatigue qui l'assommait à toute heure, lui rendant d'un coup si lourds ses membres grêles qu'elle peinait à mettre un pied devant l'autre, à porter la nourriture à sa bouche.

---

1. **Pécule** : petite somme d'argent économisée peu à peu.
2. **Fournaise** : chaleur extrême.
3. **Asexuée** : qui ne semble pas appartenir à un sexe en particulier.
4. **Hâve** : amaigri et blême.
5. **Étoupe** : cheveux touffus et emmêlés.
6. **Au bon ordonnancement** : à la bonne organisation.
7. **Faméliques** : affamés et très amaigris.

À cela aussi elle s'était accoutumée.

Elle considérait maintenant cet épuisement comme la condition naturelle de son organisme.

Des semaines plus tard, cet état de grande faiblesse l'empêcherait de quitter la tente de plastique et de feuillage sous laquelle elle demeurait étendue, dans une forêt dont elle avait oublié le nom et dont les arbres lui étaient inconnus.

Elle ne savait pas depuis combien de temps elle était arrivée là ni comment il se pouvait que la lumière du soleil qui traversait difficilement le plastique bleu dévoile à son regard ses bras et ses jambes et ses pieds si lointains et si maigres alors qu'elle se sentait peser si massivement sur la terre, dans laquelle il lui semblait, dès qu'elle fermait les yeux, s'enfoncer sous l'effet de son poids.

Et elle, Khady Demba, qui n'avait honte de rien, mourait de honte à se voir ainsi, énorme, encombrante, inamovible[1].

Une main moite, à l'odeur puissante, lui soulevait la tête et tentait d'introduire quelque chose dans sa bouche.

Elle voulait s'en défendre car l'odeur de cette chose comme celle de la main la dégoûtaient, mais elle avait si peu de force que ses lèvres s'entrouvraient malgré elle et qu'elle laissait descendre jusque dans son ventre une sorte de pâte gluante et fade.

Elle avait tout le temps froid, d'un froid profond et terrible dont ne pouvait la soulager ni le tissu dont elle était couverte ni la chaleur des mains qui, parfois, la massaient.

Et alors qu'elle espérait trouver dans la terre qui s'ouvrait et se creusait sous la poussée de son corps gigantesque la chaleur qui, songeait-elle, aurait suffi à la remettre sur pied, elle ne rencontrait dès qu'elle fermait les yeux qu'un froid plus grand encore, contre lequel ne pouvait rien le soleil bleuâtre qui filtrait à travers le plastique ni même l'air humide, confiné, chaud sans doute, puisqu'elle se sentait transpirer abondamment, de la tente sous les arbres.

---

1. **Inamovible**: qui ne peut pas être déplacée.

Oh, certes, elle avait froid et mal dans chaque parcelle de son corps, mais elle réfléchissait avec une telle intensité qu'elle pouvait oublier le froid et la douleur, de sorte que lorsqu'elle revoyait les visages de sa grand-mère et de son mari, deux êtres qui s'étaient montrés bons pour elle et l'avaient confortée dans l'idée que sa vie, sa personne n'avaient pas moins de sens ni de prix que les leurs, et qu'elle se demandait si l'enfant qu'elle avait tant souhaité d'avoir aurait pu l'empêcher de tomber dans une telle misère de situation, ce n'était là que pensées et non regrets car aussi bien elle ne déplorait pas son état présent, ne désirait à celui-ci substituer nul autre et se trouvait même d'une certaine façon ravie, non de souffrir mais de sa seule condition d'être humain traversant aussi bravement que possible des périls de toute nature.

Elle se rétablit.

Elle put s'asseoir, elle put boire et manger normalement.

Un homme et une femme qui semblaient vivre ensemble sous la tente lui donnaient un peu de pain ou de la bouillie de blé qu'ils faisaient cuire à l'extérieur, sur un feu de bois, dans une vieille casserole sans manche.

Khady se rappelait qu'elle avait voyagé à leurs côtés dans le camion.

Ils étaient tous deux taciturnes[1] et Khady n'avait de langue en commun avec eux qu'un anglais dérisoire[2], mais elle finit par comprendre qu'ils essayaient depuis des années de passer en Europe où l'homme avait réussi à vivre quelque temps, autrefois, avant d'en être expulsé.

Chacun avait des enfants quelque part, qu'il n'avait pas vus depuis longtemps.

La tente faisait partie d'un vaste campement de cabanes ou de bâches soutenues par des pieux, et des hommes en haillons[3] se déplaçaient entre les arbres, transportant des bidons ou des branchages.

---

1. **Taciturnes** : peu bavards.
2. **Dérisoire** : limité.
3. **En haillons** : vêtus de vieux habits.

Khady s'était aperçue qu'elle n'avait plus rien, ni ballot ni passeport ni argent.

L'homme et la femme passaient leurs journées à fabriquer des échelles, chacun la sienne, et Khady fut quelque temps à les observer et à comprendre la façon dont ils procédaient, puis elle se mit en quête de branches et travailla à son tour à construire une échelle, recherchant méthodiquement dans ses souvenirs celui du récit que lui avait fait un garçon sans prénom ni visage de son ascension manquée d'un grillage séparant l'Afrique de l'Europe et interrogeant de sa nouvelle voix brusque et rauque l'homme et la femme, et l'un ou l'autre lui répondait de quelques mots qu'elle ne connaissait pas toujours mais qui, reliés à ceux qu'elle avait appris ou sommairement traduits par un dessin dans la terre, finirent par représenter assez bien ce que le garçon lui avait expliqué, et ils lançaient vers elle des bouts de la ficelle qu'ils utilisaient pour fixer chaque barreau aux montants de l'échelle, avec réticence, contrariété, comme si, songeait Khady calmement, l'ayant dépouillée de toutes ses possessions ainsi qu'elle pensait qu'ils l'avaient fait, ils ne pouvaient se retenir de l'aider malgré le déplaisir qu'ils en éprouvaient.

Elle sortit de la forêt avec la femme, elles longèrent une route bitumée jusqu'aux portes d'une ville.

Elle boitait fortement et son mollet abîmé se voyait sous le bord de son vieux pagne.

Elles mendièrent dans les rues.

Khady tendit la main comme cette femme le faisait.

Des gens leur lancèrent dans une langue incompréhensible ce qui devait être des insultes et certains crachèrent à leurs pieds, d'autres leur donnèrent du pain.

Khady mordit dans le pain avec violence tant elle avait faim.

Ses mains tremblaient.

Elle laissa sur le pain des traces sanglantes, ses gencives saignaient.

Mais son cœur battait lentement, paisiblement et elle-même se sentait ainsi, lente, paisible, hors d'atteinte, à l'abri de son inaltérable humanité.

Peu après l'aube des cris, des aboiements, des bruits de course retentirent dans le camp.

Des militaires détruisaient les cabanes, arrachaient les bâches, dispersaient les pierres des foyers.

L'un d'eux s'empara de Khady, lui arracha son pagne.

Elle le vit hésiter et comprit qu'il était rebuté par l'aspect de son corps, par sa maigreur, par les taches noirâtres qui parsemaient sa peau.

Il la frappa au visage et la jeta à terre, la bouche plissée de colère, de dégoût.

Plus tard, beaucoup plus tard, des semaines et des mois peut-être, alors que chaque nuit devenait plus froide que la précédente et que le soleil semblait chaque jour plus bas et plus pâle dans la forêt, les hommes qui s'étaient proclamés ou avaient été désignés chefs du camp annoncèrent l'attaque du grillage pour le surlendemain.

Ils s'ébranlèrent[1] à la nuit, des dizaines et des dizaines d'hommes et de femmes parmi lesquels Khady se sentait particulièrement ténue[2], presque impalpable, un souffle.

Elle portait comme les autres son échelle et celle-ci, quoique légère, lui paraissait plus lourde qu'elle-même, absurdement comme se font lourdes parfois les choses rêvées, et cependant elle avançait claudicante[3] et non moins rapide que ses compagnons, sentant cogner son cœur énorme dans la minuscule cage d'os de sa poitrine fragile, brûlante.

Ils marchèrent longtemps, silencieux, à travers la forêt puis des terrains empierrés[4] où Khady plusieurs fois tituba et tomba, et elle se releva et reprit sa place dans le groupe, elle qui se sentait n'être qu'un infime déplacement d'air, qu'une subtilité glaciale de l'atmosphère – elle avait si froid, elle était tout entière si froide.

---

1. **S'ébranlèrent** : se mirent en mouvement.
2. **Ténue** : très fine, peu consistante.
3. **Claudicante** : qui boite.
4. **Empierrés** : couverts de cailloux.

Ils arrivèrent enfin dans une zone déserte éclairée de lumières blanches comme un éclat lunaire porté à incandescence[1], et Khady aperçut le grillage dont ils parlaient tous.

Et des chiens se mirent à gueuler comme ils progressaient toujours et des claquements rebondirent dans le ciel et Khady entendit : Ils tirent en l'air, énoncé d'une voix que l'anxiété rendait stridente, inégale, puis la même voix peut-être lança le cri convenu, une seule interjection[2], et tout le monde se mit à courir vers l'avant.

Elle courait aussi, la bouche ouverte mais incapable d'inspirer, les yeux fixes, la gorge bloquée, et déjà le grillage était là et elle y appuyait son échelle, et la voilà qui montait barreau après barreau jusqu'à ce que, le dernier degré atteint, elle agrippât le grillage.

Et elle pouvait entendre autour d'elle les balles claquer et des cris de douleur et d'effroi, ne sachant pas si elle criait également ou si c'était les martèlements du sang dans son crâne qui l'enveloppaient de cette plainte continue, et elle voulait monter encore et se rappelait qu'un garçon lui avait dit qu'il ne fallait jamais, jamais s'arrêter de monter avant d'avoir gagné le haut du grillage, mais les barbelés arrachaient la peau de ses mains et de ses pieds et elle pouvait maintenant s'entendre hurler et sentir le sang couler sur ses bras, ses épaules, se disant jamais s'arrêter de monter, jamais, répétant les mots sans plus les comprendre et puis abandonnant, lâchant prise, tombant en arrière avec douceur et pensant alors que le propre de Khady Demba, moins qu'un souffle, à peine un mouvement de l'air, était certainement de ne pas toucher terre, de flotter éternelle, inestimable, trop volatile pour s'écraser jamais, dans la clarté aveuglante et glaciale des projecteurs.

C'est moi, Khady Demba, songeait-elle encore à l'instant où son crâne heurta le sol et où, les yeux grands ouverts, elle voyait planer lentement par-dessus le grillage un oiseau aux longues ailes

1. **Incandescence** : état d'un corps qui émet un rayonnement lumineux sous une chaleur intense.
2. **Interjection** : appel, exclamation.

grises – c'est moi, Khady Demba, songea-t-elle dans l'éblouissement de cette révélation, sachant qu'elle était cet oiseau et que l'oiseau le savait.

contrepoint

Chaque fois qu'on donnait de l'argent à Lamine en échange de son travail, que ce fût dans l'arrière-cuisine du restaurant, Au Bec fin, où il lavait la vaisselle le soir, dans l'entrepôt où il déballait les marchandises d'un supermarché, sur un chantier, dans le métro, partout où il allait pour louer ses bras, chaque fois que les euros passaient de mains étrangères aux siennes il pensait à la fille, il l'implorait muettement de lui pardonner et de ne pas le poursuivre d'exécrations[1] ou de songes empoisonnés. Dans la chambre qu'il partageait avec d'autres, il dormait sur son argent et rêvait de la fille. Elle le protégeait ou, au contraire, le vouait au pire. Et quand, à certaines heures ensoleillées, il levait son visage, l'offrait à la chaleur, il n'était pas rare qu'un demi-jour tombât soudain inexplicable, et alors il parlait à la fille et doucement lui racontait ce qu'il advenait de lui, il lui rendait grâce, un oiseau disparaissait au loin.

1. **Exécrations** : violentes malédictions.

Arrêt sur lecture 2

Pour comprendre l'essentiel

Entre lucidité et résilience

1 Le personnage change dans son rapport au monde et aux autres. Identifiez les signes qui montrent qu'elle gagne en lucidité.

2 L'héroïne souhaite élargir ses connaissances sur le monde. Dites quelle stratégie Khady adopte pour parvenir à ses fins.

3 Khady Demba repense, aux pages 59 et 60, à son passé. Expliquez quel regard l'héroïne jette sur son histoire et sur sa trajectoire.

Un corps en souffrance

4 La blessure au mollet de Khady est évoquée de manière récurrente dans cette deuxième partie du récit. Observez les descriptions successives de son état et énumérez les détails qui apportent à celles-ci une dimension très réaliste.

5 Au fur et à mesure du récit, le lecteur comprend que la plaie de Khady s'aggrave. Indiquez quelle attitude l'héroïne adopte à l'égard de sa blessure dans cette deuxième partie du récit.

6 L'héroïne observe des changements dans sa voix et son apparence physique (p. 71). Mentionnez-les et mettez en regard cette description avec celle de la page 13.

La puissance de Khady Demba

7 Khady conserve une supériorité morale sur Lamine. Relevez les indices qui le prouvent (p. 58-59 et 67-68).

8 L'héroïne prononce son nom à plusieurs reprises. Étudiez l'effet que produit l'articulation de son nom et montrez que ces répétitions ajoutent un aspect poétique au texte.

9 Consultez le lien suivant et regardez les deux premières minutes de l'interview de Marie NDiaye à propos de son récit *Trois femmes puissantes* : **https://www.youtube.com/watch?v=ysGIM76xnn4**
Dites comment se caractérise la puissance de ses personnages féminins, et en particulier de Khady Demba.

✔ *Rappelez-vous !*

- Tout au long du récit, à mesure que les obstacles se multiplient sur sa route et que les malheurs l'accablent, Khady Demba fait preuve d'une **résilience** stupéfiante. Sa résistance, son indifférence à tout sentiment de honte ou toute forme d'humiliation font de Khady Demba un **personnage paradoxalement invulnérable**.
- Le simple fait de prononcer son nom permet à Khady Demba d'éprouver une **fierté presque aristocratique** et une **force sans pareille**. Le récit est ponctué par la **répétition incantatoire** de son nom. Sa parole devient action puisqu'elle agit sur le réel et apporte à l'héroïne réconfort et sérénité.

Vers l'oral du Bac

Explication linéaire 1 : La seconde naissance de Khady Demba, p. 46-47

→ *En quoi cet épisode symbolise-t-il la seconde naissance de Khady Demba ?*

Conseils pour la lecture à voix haute

– Faites sentir la tension palpable lors du départ des migrants en variant le rythme et le ton de la voix.
– Donnez à entendre le changement dans la longueur et le rythme des phrases et mettez en évidence l'évolution du passage qui débute comme une scène d'action et se clôt sur le commentaire de cette scène.
– Relisez le dernier paragraphe pour en comprendre la logique et hiérarchisez les informations ou les faits, afin de souligner ce qu'il y a d'inédit dans la vie de Khady (insistez sur certains mots-clés comme « jamais », l. 965).

Explication linéaire du texte

Introduction

Khady Demba est un personnage caractérisé par une solitude douloureuse qui lui permet de se construire et d'accéder à une forme de liberté. C'est justement un acte libératoire que met en scène notre extrait, issu du troisième récit de *Trois femmes puissantes*. Alors qu'elle attendait dans l'arrière-cour d'un immeuble avec d'autres migrants, Khady Demba est emmenée de nuit sur une plage pour prendre place à bord d'une embarcation de fortune. Dans ce passage, la romancière décrit les conditions effroyables dans lesquelles les migrants s'agglutinent sur le bateau, puis raconte le refus d'embarquer de Khady en le présentant comme un acte décisif pour l'héroïne. Alors qu'elle était ballottée par le destin, elle est ici à l'initiative d'une décision irrévocable, d'une reprise en main de son existence. Nous nous demanderons en quoi cet épisode symbolise la seconde naissance de Khady Demba. Nous étudierons d'abord la manière dont l'embarquement est présenté comme hasardeux et risqué. Puis nous nous pencherons sur le saut dans l'inconnu de l'héroïne, signe qu'elle prend en main son destin.

Explication guidée

I. Lignes 938-950 : Un embarquement hasardeux et risqué

a. Quel est le point de vue adopté dans l'extrait ? En quoi suggère-t-il que Khady est désorientée ?

b. Dans quelle mesure la tournure de phrase « se retrouver elle-même avançant gauchement dans l'eau froide » (l. 941-942) insiste-t-elle sur la passivité de Khady ?

c. Quels détails suggèrent la précarité d'une embarcation certainement promise au naufrage ?

d. Quelle attitude adopte Khady une fois dans la barque ? De quoi est-elle emblématique ?

II. Lignes 951-976 : Une héroïne qui prend en main son destin

a. Quelle variation observez-vous dans la longueur des phrases à partir de la ligne 951 ? Comment expliquer ce passage à des phrases plus courtes ?

b. Repérez le sujet des verbes et le type de verbe employé des lignes 957-976 : en quoi cela contraste-t-il avec le tout début du passage ?

c. Pourquoi peut-on parler d'une dissociation entre le corps et l'esprit de Khady à ce moment-là du texte ? En quoi est-ce paradoxal ?

d. Repérez les nombreuses marques de la négation dans ce paragraphe : sur quoi insistent-elles ?

e. Commentez le jeu des répétitions dans la deuxième moitié du paragraphe : en quoi éclaire-t-il une nouvelle facette du personnage ?

Conclusion

En relatant l'embarquement hasardeux et risqué auquel Khady prend part sans réfléchir, puis son refus salutaire de prendre place à bord d'une chaloupe qui n'arrivera probablement jamais à destination, cet extrait présente deux facettes radicalement différentes du personnage. Avec son plongeon dans l'eau, l'héroïne fait un saut dans l'inconnu et naît symboliquement une seconde fois. Cette seconde naissance s'accompagne d'une prise de conscience dans un moment de redéfinition de soi. Elle coïncide avec un mouvement d'ouverture aux autres et au monde : s'ensuivra la rencontre avec Lamine, compagnon de voyage et mentor auprès duquel Khady gagnera en expérience.

Question de grammaire

Analysez l'expression de la négation dans le dernier paragraphe.

Explication linéaire 2 : Un récit entre la réalité et le rêve, p. 76-77

> **→ *Quels éléments montrent un glissement de la réalité au rêve dans la fin du récit ?***

Conseils pour la lecture à voix haute

– Rendez palpable l'émotion liée à la mort du personnage à ce stade du récit : vous pouvez adopter une certaine gravité dans le ton.

– Ne lisez pas trop vite et respectez la ponctuation dans le dernier paragraphe. Prenez le temps d'observer à l'avance la structure du texte et ses articulations logiques.

Explication linéaire du texte

Introduction

L'œuvre de Marie NDiaye se caractérise par une réflexion sur le corps et ses manifestations : corps épuisés, corps blessés, corps mourants, d'où émanent sueur, larmes et sang. Tout au long du dernier récit issu de *Trois femmes puissantes*, le corps meurtri de Khady Demba, objet de descriptions récurrentes, focalise l'attention de la romancière. C'est encore plus vrai dans la fin du récit qui met en scène la mort de l'héroïne sur des barbelés. Démunie de tout, physiquement très affaiblie, Khady vit dans un camp de migrants dans l'attente de traverser la frontière entre l'Afrique et l'Europe. L'extrait relate l'ascension du grillage par les migrants et la tentative éperdue du personnage de traverser cette frontière, stade ultime de son triste parcours. Mais si Khady Demba trouve la mort sur ce grillage, le récit évite pourtant le tragique. C'est pourquoi nous nous demanderons comment le passage se caractérise par un glissement du réalisme au rêve. Nous verrons dans un premier temps en quoi la frontière est présentée comme un espace hostile. Nous aborderons ensuite l'ascension et la chute de Khady, à l'assaut du grillage. Nous étudierons enfin l'envol symbolique de l'héroïne dans les dernières lignes du récit.

Explication guidée

I. Lignes 1836-1843 : La frontière, un espace hostile

a. En quoi la comparaison « comme un éclat lunaire… » (l. 1837) contribue-t-elle à créer une atmosphère mystérieuse ?

b. Quels éléments du premier paragraphe font de ce territoire un lieu inquiétant ?

c. Quel effet produit l'emploi successif des trois conjonctions de coordination « et » ainsi que du pluriel dans le deuxième paragraphe ?

d. Quels éléments rendent compte de la perte de repères de Khady ?

e. Comment le début du passage s'attache-t-il à représenter une scène d'action collective ?

II. Lignes 1844-1862 : L'ascension et la chute de Khady

a. Quels aspects du texte contribuent à donner une sensation de vitesse à partir du troisième paragraphe ?

b. Dans quelle mesure peut-on dire que le récit se concentre davantage sur l'héroïne par rapport au début du passage ?

c. Quels indices signalent la confusion mentale du personnage ?

d. En quoi le corps de Khady est-il sacrifié et martyrisé ?

e. De quelle manière la mort du personnage est-elle adoucie ? Pourquoi pourrait-on parler ici d'un refus de dire la mort ?

f. Quelles images évoquent l'envol de l'héroïne ?

III. Lignes 1863-1868 : L'envol de Khady : une apothéose ?

a. En quoi peut-on parler d'un double dénouement du récit ?

b. Pourquoi peut-on faire de l'héroïne un modèle de stabilité à travers ses dernières pensées ?

c. Comment la dernière phrase contribue-t-elle à donner un éclairage fantastique à la fin du récit ?

Conclusion

Dans une scène spectaculaire et poignante, l'explicit relate les derniers instants de vie de l'héroïne : piégée à la frontière, espace hostile et menaçant, Khady Demba monte à l'assaut du grillage dans un mouvement vertigineux d'ascension et de chute pour y trouver la mort. La romancière atténue toutefois le tragique de cette disparition en passant du réalisme le plus cru à un onirisme empreint de poésie, et en transfigurant la mort de son personnage. L'issue du texte, qui suggère l'envol de Khady, n'est pas sans rappeler les métamorphoses propres aux récits mythologiques : à l'instar de Philomèle ou Procné, Khady Demba échappe en partie à un destin cruel et se transforme en créature légendaire.

Question de grammaire

Étudiez la valeur du participe présent des lignes 1856 à 1858.

Arrêt sur l'œuvre

Des questions sur l'ensemble du récit

Une odyssée contemporaine

1 Le récit de Khady Demba peut être comparé à une véritable odyssée, semée d'épreuves. Identifiez les obstacles successifs auxquels le personnage est confronté tout au long de son parcours.

2 Dans le début et la fin du récit, Khady Demba est présentée comme un être sans possibilité d'appartenance géographique. Relisez ces passages et montrez en quoi la protagoniste ne peut se rattacher à aucun foyer, aucune patrie.

3 De nombreux personnages du récit sont instrumentalisés. Étudiez les différentes formes que prend cette exploitation des uns par les autres (Khady, sa belle-mère, le passeur, Lamine, la tenancière...) et dites quel tableau la romancière brosse des rapports humains.

Un récit déstabilisant

4 Le récit met en scène des personnages précaires au destin funeste. Analysez la manière dont les personnages (les migrants, le passeur, Lamine...) font l'objet d'une déshumanisation. Justifiez votre réponse en prenant appui sur des extraits précis du texte.

5 Le lecteur assiste, tout au long du récit, à une vraie transformation de l'héroïne. Relevez les étapes successives de la métamorphose de Khady, en particulier dans les dernières pages du récit.

6 Le texte file la métaphore de l'oiseau et du migrant. Commentez ce rapprochement.

Khady Demba : une femme puissante

7 Khady Demba devient petit à petit une femme d'une force exceptionnelle. Montrez la résistance spectaculaire de Khady tout au long du récit.

8 Par son histoire et sa résistance, la protagoniste incarne des valeurs morales très fortes. Faites-en la liste et déterminez à quel type de personnage elle s'apparente ainsi.

9 Le récit se clôt par un court contrepoint écrit du point de vue de Lamine. Relisez-le (p. 77) et détaillez, par des exemples précis du texte, en quoi il confirme l'apothéose du personnage de Khady.

Activités d'appropriation

1. Raconter un épisode du récit du point de vue d'un autre personnage

Écrivez un texte d'une à deux pages environ qui raconte un épisode vécu par Khady Demba, mais en changeant le point de vue adopté. Vous pourrez, par exemple, raconter la rencontre de Khady avec le passeur du point de vue de ce dernier ou l'épisode du refus d'embarquer la nuit et le réveil sur la plage du point de vue de Lamine. Pour cela, relisez d'abord attentivement les passages concernés et relevez les détails que vous pourrez exploiter. Imaginez ensuite quelles peuvent être la perception, les émotions et les impressions propres au personnage choisi dans cet épisode.

2. Trouver une photographie pour illustrer le récit

Consultez le site Internet **www.magnumphotos.com** pour trouver une photographie susceptible d'illustrer et de symboliser le récit que vous avez lu. Présentez cette photographie à la classe, analysez-la tout en la mettant en relation avec l'œuvre que vous avez lue. Vous vous appuierez pour cela sur des citations ou des références précises au texte. Pour vous aider, consultez particulièrement les collections de photographies suivantes: « desperate crossings »; « the Migrant crisis through the eyes of Magnum photographers »; « theory and practice: photographing a crisis ».

3. Réaliser un podcast autour de l'œuvre

Écoutez un podcast littéraire pour vous donner une idée de son contenu et de son format. Par exemple, vous pouvez écouter « Bookmakers », un podcast sur les secrets d'écriture des écrivains:
https://www.arteradio.com/serie/bookmakers

À votre tour, réalisez un podcast dans lequel vous ferez part de votre coup de cœur pour ce livre. Vous respecterez un format court (quatre minutes maximum). Après une brève présentation de l'œuvre, vous présenterez les raisons pour lesquelles vous l'avez aimée, sans oublier de citer de courts extraits pour illustrer votre propos.

Pensez à bien enregistrer votre podcast au format mp3 et diffusez-le à vos camarades.

4. Exploiter un documentaire vidéo

Regardez la vidéo intitulée « Des femmes en mouvement. Images et réalités de la migration féminine », disponible sur Youtube à l'adresse suivante: **https://www.youtube.com/watch?v=BIMicYIK1gE**

Mettez en relation le parcours de Khady avec celui des femmes évoquées dans ce reportage et précisez les spécificités de la trajectoire de l'héroïne.

Prolongements artistiques et culturels

Une œuvre en prise avec l'actualité : la catastrophe de Lampedusa

➡ Image reproduite en début d'ouvrage, au verso de la couverture

1. Pourquoi, d'après vous, le plasticien Vik Muniz a-t-il choisi du papier journal pour élaborer son œuvre intitulée *Lampedusa* ?

2. Après avoir fait une recherche, dites de quels journaux l'artiste s'est spécifiquement servi et précisez dans quel but il a pu les employer.

3. Où cette photographie a-t-elle été prise ? Commentez le contraste entre l'arrière-plan et la réalité suggérée par ce bateau.

La crise migratoire vue par Banksy

➡ Image reproduite en fin d'ouvrage, au verso de la couverture

4. Regardez la date de l'œuvre : selon vous, dans quel contexte précis cette œuvre a-t-elle été réalisée (➡ voir Fiche 2, p. 97) ?

5. Faites une recherche autour de l'œuvre de Théodore Géricault intitulée *Le Radeau de la Méduse* (1818-1819). En quoi peut-on parler, dans l'œuvre de Banksy, d'un pastiche ? Vous pouvez vous aider de ce site Internet : **https://www.youtube.com/watch?v=s9EstP8ILgM**

6. Quels avantages y a-t-il, selon vous, à réaliser une œuvre relevant du *street art* ?

Lectures cursives

■ Marie NDiaye, *Trois femmes puissantes* [2009], Gallimard, « Folio », 2018.

Rien ne relie, à première vue, Norah, une avocate parisienne, rappelée par son père au Sénégal, Fanta, enseignante qui a quitté la ville de Colobane pour suivre son mari et s'installer en France, et Khady Demba, jeune veuve sans argent poussée sur les routes de l'exil. Dans ces trois histoires juxtaposées, chaque héroïne est confrontée à l'adversité et lutte pour sauvegarder son honneur ou rester en vie. Si le cadre géopolitique constitue un socle commun aux trois récits, l'apparition furtive de certains personnages d'une histoire dans une autre permet également de renouer les fils d'une histoire apparemment décousue, où la romancière explore la question de l'exclusion et des traumatismes de l'enfance.

■ Chimamanda Ngozi Adichie, *Americanah* [2015], Gallimard, « Folio », 2016.

« Americanah », c'est ainsi que les Nigérians désignent de façon familière une personne qui s'est américanisée. Chimamanda Ngozi Adichie retrace dans ce roman les aventures d'Ifemelu, sorte de double fictionnel de l'auteure. Fille d'universitaires, Ifemelu quitte le Nigeria à dix-huit ans pour les États-Unis, abandonnant Obinze, son amour de jeunesse, qui lui promet de la rejoindre au plus vite. Là, elle se découvre noire pour la première fois et doit lutter contre une société où règnent encore le racisme et la discrimination. Tout à la fois roman d'apprentissage et roman d'amour, *Americanah* se révèle également une satire de la classe moyenne américaine et un récit bouleversant sur l'immigration.

■ Alice Zeniter, *L'Art de perdre* [2017], Flammarion, « J'ai lu », 2018.

Née en 1990, Naïma est parisienne et travaille pour une galerie d'art. Quand elle accepte avec réticence d'aller en Algérie pour préparer une exposition, c'est l'occasion pour cette petite-fille de harkis de partir à la recherche de ses origines et d'exhumer une histoire familiale douloureuse, marquée par la violence, le deuil et la perte.

Dans cette saga romanesque déchirante, Alice Zeniter retrace le destin de trois générations d'une famille kabyle, entre l'Algérie et la France, des années 1950 à nos jours, et relate « une histoire sans héros, peut-être. Une histoire – en tout cas – qui n'a jamais été chantée ».

■ **Djaïli Amadou Amal, *Les Impatientes*, éditions Emmanuelle Collas, 2020.**

Lauréat du prix Goncourt des lycéens en 2020, ce court roman polyphonique fait alterner trois récits de femmes aux destins malheureux dont les voix se croisent et se superposent. On y entend la complainte de Ramla, dix-sept ans, promise par son père à Alhadji, un riche commerçant bien plus âgé qu'elle ; d'Hindou, quatorze ans, mariée de force à un homme brutal et drogué ; et de Safira, première épouse d'Alhadji et mère de ses six enfants. Dans une langue simple et émouvante, la romancière camerounaise dénonce le sort terrible réservé aux femmes dans une société où la polygamie, les viols conjugaux et les violences domestiques sont légitimés par les hommes.

■ **Stéphanie Coste, *Le Passeur*, Gallimard, 2021.**

« Toutes les choses vraiment atroces démarrent dans l'innocence. » Telle est l'épigraphe incisive empruntée à Ernest Hemingway sur laquelle s'ouvre le roman de Stéphanie Coste. Le roman met en scène le personnage de Seyoum, passeur sans états d'âme, qui sévit sur une plage de Libye et fait régner la terreur chez les migrants comme chez ses subalternes. Dans ce roman bref et rythmé, la romancière met en regard le passé et le présent d'un personnage aussi pitoyable que violent. En choisissant une écriture à la première personne, elle place le lecteur dans une position inconfortable et l'invite à explorer les raisons qui poussent un être à sombrer dans la démence et l'inhumanité.

Carnet de lecture

Marie NDiaye a obtenu en 2009 le prix Goncourt pour son roman *Trois femmes puissantes*. Par groupes de quatre à six élèves, recréez la conférence de presse que la romancière a pu tenir devant les journalistes quelques minutes après l'annonce du prix.

Méthode

Étape 1. Parallèlement à votre lecture du roman, notez dans un carnet les aspects de l'œuvre qui suscitent votre intérêt, votre émotion ou votre questionnement (personnages, épisodes, structure de l'œuvre, style, cadre spatio-temporel, thématiques abordées). Relevez des citations qui vous ont marqué(e)(s) ou qui vous interrogent.

Étape 2. En faisant des recherches sur Internet, prenez connaissance des entretiens que Marie NDiaye a pu accorder aux journalistes à l'occasion de la parution de *Trois femmes puissantes* ou des vidéos dans lesquelles elle s'exprime sur ce roman et prenez des notes pour en retenir les points essentiels.
Voici deux sites Internet qui peuvent vous aider :
https://www.mollat.com/livres/11006/marie-ndiaye-trois-femmes-puissantes
https://www.dailymotion.com/video/x9us2w

Étape 3. Confrontez avec vos camarades vos impressions de lecture et imaginez une petite dizaine de questions à poser à l'auteure, en vous appuyant sur des éléments précis du roman.

Étape 4. Choisissez ensemble qui incarnera la romancière, ainsi que les différents journalistes, et répartissez-vous les rôles.

Le tour du récit en 8 fiches

Sommaire

Interview exclusive de Marie NDiaye

(22 novembre 2021)

Comment le personnage de Khady Demba s'est-il imposé à vous ?

J'ai beaucoup réfléchi à ce personnage, et à l'idée même de ce personnage, avant d'oser l'inventer. Je craignais de ne pas avoir la légitimité de faire vivre un tel personnage car il n'a rien à voir avec ma vie ou celle de mes proches. J'avais donc des scrupules et, aujourd'hui, je n'écrirais plus ce texte. Le sujet est très présent ces temps-ci et j'aurais l'impression gênante d'aller sur un terrain déjà bien labouré. À l'époque, le sujet faisait l'objet de quelques lignes dans les journaux quand il y avait des naufrages, mais on ne savait pas forcément quelles étaient les motivations de ces personnes, ni ce qu'elles vivaient intérieurement. La question des migrants était rarement évoquée et j'avais envie de montrer que ces gens étaient les héros des temps modernes. On parlait assez peu de ces gens du point de vue de l'héroïsme. J'ai longtemps tourné autour de l'idée. Je n'ai jamais créé de personnage aussi loin de ce que je suis. Donc le personnage s'est tout sauf imposé à moi !

Dans ce récit, l'intrigue est assez resserrée, presque épurée : était-ce le cas initialement ? Avez-vous supprimé des épisodes du récit ?

Je n'ai rien supprimé. Quand j'écris, dans le peu de temps que j'écris, je ne supprime rien, je ne pratique pas la rature, les regrets, les suppressions...

L'idée du contrepoint était-elle présente dès le début du processus d'écriture ? Était-ce une façon d'échapper à la noirceur des histoires racontées ?

Oui, alors que tout était noir, c'était en quelque sorte une façon d'ajouter un embranchement plus clair, d'ajouter une branche qui partait de ce tronc et qui pouvait aller vers un espoir.

⏭ *Dans vos romans, et en particulier dans* Trois femmes puissantes, *vous maintenez des zones d'ombre. Est-ce une façon de faire participer le lecteur à l'élaboration du sens de l'œuvre ?*

Oui, j'aime bien l'idée que le lecteur travaille aussi à comprendre, même si ce n'est pas intentionnel de ma part. Lorsque j'écris, je n'en sais pas forcément plus sur mes personnages que lui, il n'y a pas des choses que je saurais à leur propos et que je garderais par-devers moi. Il y a toujours une part d'ombre, une part secrète chez les personnes qu'on connaît dans la vraie vie, même chez des proches.

⏭ Il y a quelques années, vous avez pu dire : « Je ne me vois pas, ni comme une femme qui écrit, ni comme une femme noire qui écrit. » Est-ce toujours le cas ?

Oui, j'oublie qui je suis au moment où j'écris – mon sexe, mon origine sociale, mon âge –, j'essaie d'être rien ou tout : homme, femme, enfant, plante… d'être neutre en quelque sorte.

⏭ En tant que lycéenne, y a-t-il un(e) auteur(e) qui a pu changer votre regard sur le monde et la littérature ?

C'est clairement Marcel Proust, et ce n'est même pas un auteur que j'ai étudié en cours. C'est mon frère, qui a deux ans de plus que moi, et qui, au hasard d'un cours de littérature, a découvert l'épisode de la madeleine, dans *À la recherche du temps perdu*. Mon frère nous a lu cette page à ma mère et à moi, un soir, à la table du dîner. Et ça a vraiment été pour moi une révélation, un éblouissement ! Je me suis dit : « On peut écrire de telles choses et aller aussi loin dans la compréhension, et réussir à rendre tout cela par les mots. » Ça a vraiment été une illumination !

⏭ Auriez-vous des conseils de lecture pour les lycéens, des auteur(e)s que vous recommanderiez ?

Un des auteurs contemporains qui m'est le plus cher, c'est l'Américaine Joyce Carol Oates. Chez les Français, il y a Maylis de Kerangal, Régis Jauffret. Et il y a une Italienne que je vénère, Ana Maria Ortese, auteur de *L'Iguane* ; c'est un roman qui pourrait certainement plaire aux lycéens.

Fiche 1

Marie NDiaye en 16 dates

1967	Naissance de Marie NDiaye à Pithiviers, dans le Loiret.
1985	Publication de son premier roman *Quant au riche avenir* aux Éditions de Minuit.
1989	Obtention d'une bourse de séjour à la villa Médicis, à Rome.
1989	Premier voyage en Afrique, au Sénégal.
2000	Publication de *La Diablesse et son enfant*, un roman jeunesse.
2001	Obtention du prix Femina pour le roman *Rosie Carpe*.
2003	Sa pièce *Papa doit manger* entre au répertoire de la Comédie-Française.
2007	Déménagement à Berlin où elle s'installe avec son mari et ses trois enfants.
2007	Publication du roman *Mon cœur à l'étroit*.
2009	**Obtention du prix Goncourt pour son roman *Trois femmes puissantes.***
2009	Coscénariste du film *White Material* de Claire Denis, Lion d'or à la Mostra de Venise.
2013	Publication du roman *Ladivine*.
2018	Adaptation en bande dessinée de son roman *La Sorcière* par Benoît Guillaume.
2020	Obtention du prix Marguerite-Yourcenar pour l'ensemble de son œuvre.
2020	Publication de sa pièce *Royan. La professeure de français*, monologue théâtral écrit pour Nicole Garcia.
2021	Publication du roman *La vengeance m'appartient*.

Le récit dans son contexte

Aujourd'hui, les flux migratoires concernent essentiellement les pays du Sud et sont pour la plupart intracontinentaux. Cependant, le nombre de migrants internationaux a augmenté ces cinquante dernières années et l'Europe apparaît, depuis le milieu du XXe siècle, comme une destination privilégiée en raison de sa stabilité politique et économique. **Les conflits, les persécutions, mais aussi des raisons économiques, climatiques, ou familiales peuvent pousser les personnes à quitter leur pays natal.**

Une vague d'émigration

Dès la fin de la Seconde Guerre mondiale, les flux migratoires s'expliquent par la nécessité de reconstruire les pays d'Europe. Les hommes qui émigrent en France (c'est-à-dire qui quittent leur pays pour s'installer ailleurs) viennent d'Italie, d'Espagne, du Portugal puis, à partir de 1950, d'Algérie, et surtout dans le secteur de l'industrie et du bâtiment. Il s'agit, pour la plupart, de travailleurs peu ou pas qualifiés. Leurs conditions de vie restent très précaires, beaucoup habitent des bidonvilles aux marges des villes. **Dans les années 1970, en France, la crise économique donne peu à peu lieu à un mouvement de fermeture des frontières et à des politiques plus restrictives en matière d'immigration.** Dans les années 1980 et 1990, les flux de migrants, dont les pays de provenance se diversifient, s'intensifient.

La « crise migratoire »

En 2015, les médias évoquent une « crise migratoire ». Cette expression renvoie à l'augmentation du nombre de migrants arrivés en Europe depuis les années 2010 et témoigne du fait que les migrations représentent un enjeu politique et social. La guerre civile en Syrie, commencée en 2011, contribue à cet afflux massif de réfugiés.

La multiplication des naufrages d'embarcations de migrants en Méditerranée depuis 2013 (dont le plus meurtrier, le 19 avril 2015, près des côtes lybiennes, a causé la mort de huit cents personnes) **a provoqué un choc médiatique et suscité l'émotion de l'opinion publique.** Les pays européens tentent de s'accorder sur des politiques communes et de protéger les frontières de leur pays.

Du côté des écrivains

Depuis les années 2000 environ, les artistes ont intégré la question migratoire à leurs créations en se penchant sur la destinée de personnages d'exilés. En France, l'errance migratoire est devenue un sujet récurrent sous la plume de romanciers comme Fatou Diome dans *Le Ventre de l'Atlantique* (2005), Laurent Gaudé dans *Eldorado* (2006), ou encore Diane Meur dans *Sous le ciel des hommes* (2020) (➡ voir Groupement de textes 2, p. 121-135).

La structure du récit

Trois femmes puissantes s'apparente à un triptyque, une œuvre composée de trois récits distincts, dont l'intrigue se déroule entre la France et le Sénégal. Si chaque récit peut être lu de manière autonome, les personnages de ces trois volets sont liés entre eux et les textes eux-mêmes sont tissés d'échos. C'est ainsi que Khady Demba apparaît de manière fugace dans le premier et le deuxième récit, servant ainsi de lien ténu entre les trois textes (➡ Voir Groupement de textes 1, p. 110-120).

Un récit au rythme du personnage

L'absence de chapitres au sein du récit contribue à créer une impression de continuité, de fluidité dans la lecture : les péripéties s'enchaînent sans possibilité de répit pour Khady Demba, transformant ainsi son errance en long calvaire.

Le récit retrace le voyage de la jeune migrante à travers l'Afrique. La mention de différents moyens de déplacement (à pied, en voiture, en camion), la récurrence des départs et des arrivées dans des lieux de transit, des interruptions et des contretemps, soulignent bien l'aspect périlleux de cette odyssée.

Si les mésaventures du personnage semblent sans fin, le refus de Khady d'embarquer en mer (p. 41) constitue tout de même un point de bascule dans le récit, un tournant dans la fiction. Pour la première fois, l'héroïne opère un choix et décide de sa trajectoire. Certes, cette autonomie reste limitée dans la mesure où la jeune migrante, éternellement malmenée, dépend des autres. Toutefois, alors qu'elle était jusque-là totalement passive, Khady prend en main son avenir : « elle dirigeait maintenant elle-même le précaire, l'instable attelage de son existence » (p. 50).

Un personnage qui s'ouvre au monde

L'histoire est également structurée par l'évolution du personnage et de son rapport au corps. Dans les premières pages du récit, elle est obnubilée par son désir de grossesse. Recueillie dans une belle-famille malveillante, elle cherche à se rendre invisible en restant prostrée : « Khady s'accroupissait un peu à l'écart des deux autres [...] et elle demeurait ainsi des heures durant [...] immobile dans la bruyante animation du marché » (p. 15). L'héroïne ferme ainsi son corps au monde extérieur. Khady n'est qu'à moitié vivante dans le premier tiers du récit. C'est avec étonnement et satisfaction qu'alors elle suit le passeur dans les rues de la ville, elle retrouve l'usage d'un corps jusque-là anesthésié : « elle prit conscience de ses muscles qui la faisaient aller d'un si bon pas, de leur vigueur, de leur indéfectible présence qu'elle avait oubliée, de tout son jeune corps solide auquel elle ne prêtait plus la moindre attention et dont elle se ressouvenait » (p. 24).

Son départ et son périple l'obligent à s'ouvrir à son environnement. À ce titre, sa blessure au mollet lorsqu'elle saute du bateau – plaie qui ne se referme pas – est symbolique de son arrachement à son inertie et de son rapport douloureux au monde. La prostitution, l'aggravation de sa blessure, l'insistance sur son corps malade symbolisent l'horreur des épreuves par lesquelles elle passe et en font un personnage sacrificiel.

Le contrepoint : un épilogue apaisé ?

En musique, l'art du contrepoint consiste à développer simultanément plusieurs lignes mélodiques, comme c'est le cas dans un canon ou dans une fugue. **Par extension, le terme « contrepoint » désigne en littérature un second thème qui se développe parallèlement au premier. Dans *Trois femmes puissantes*, chaque récit se referme sur un contrepoint aux allures d'épilogue, c'est-à-dire d'une conclusion, mais dans lequel la perspective adoptée est celle d'un autre personnage, qui livre sa vision de l'héroïne.** Ici, le contrepoint est écrit selon le point de vue de Lamine, parvenu en Europe, qui subsiste en travaillant jour et nuit. Poursuivi par sa mauvaise conscience, le jeune homme songe à Khady avec un sentiment de remords mêlé de gratitude : « il l'implorait muettement de ne pas [...] le poursuivre d'exécrations ou de songes empoisonnés » (p. 77). **Les quelques lignes du contrepoint semblent valider l'hypothèse d'une métamorphose de la jeune migrante en oiseau, en esprit ou en divinité protectrice et bienveillante** : « Et quand, [...] il levait son visage, [...] il parlait à la fille et doucement lui racontait ce qu'il advenait de lui, il lui rendait grâce, un oiseau disparaissait au loin. » La touche poétique de ce contrepoint, aux frontières du fantastique, apporte ainsi une forme de légèreté qui vient contrebalancer la noirceur des dernières pages.

Les grands thèmes du récit

La solitude et l'exclusion

Dans *Trois femmes puissantes*, la rupture du lien familial, social, affectif, est à l'origine de la solitude des personnages. Les parents ou les beaux-parents y sont représentés comme défaillants et leur égoïsme cruel, leur cupidité ou leur indifférence obligent les personnages à fuir. Loin de représenter un refuge, la famille y apparaît comme monstrueuse. Tyrannisés par leurs beaux-parents, ou chassés sans ménagement, Khady et Lamine sont contraints de quitter l'espace familial. Après avoir été reléguée dans l'espace des enfants avec qui elle dort, Khady est bannie du foyer. L'évocation du passé de l'héroïne, rejetée par ses parents, fait également d'elle une figure en marge de la société. Devenue veuve et sans enfant, elle est stigmatisée.

L'isolement de Khady, son absence de statut social et familial lui confèrent paradoxalement une forme d'autonomie. Si Khady subit cette exclusion, elle ne souffre pas pour autant de la solitude. D'une force morale hors norme, la jeune femme vit cette solitude affective avec une sérénité héroïque.

À l'exception de Lamine, avec qui Khady chemine pendant un temps avant d'être trahie par lui, les autres personnages sont brièvement décrits et sont maintenus dans l'anonymat.

L'errance migratoire

Sujet principal du récit, la migration est toutefois traitée en filigrane à travers le périple de Khady. Au lieu d'adopter une perspective documentaire, la romancière fait le choix de la focalisation interne pour rendre compte de l'errance de l'héroïne. Particulièrement ignorante, celle-ci entreprend un voyage vers l'Europe dont elle ne saisit pas les enjeux, ce qui explique l'absence quasi totale de précisions topographiques.

L'errance migratoire est également perçue comme une odyssée sans fin, ce que confirment les propos de Lamine: « le voyage pouvait durer des mois, des années » (p. 52). La rareté des indices temporels et leur caractère imprécis contribuent à conférer au voyage de Khady une apparence de durée illimitée, d'épreuve continue. Au fur et à mesure de son périple, le personnage féminin perd la notion du temps.

Le récit n'abonde pas en détails, mais dépeint efficacement le désespoir des migrants et les embûches qu'ils traversent. Les substantifs « effroi » ou « peur » reviennent de manière récurrente pour caractériser les épreuves que vivent les personnages, en particulier lors de l'embarquement de Khady ou du passage du poste-frontière tenu par des militaires. L'arrière-cour d'un immeuble décrépit, la ville du désert où Khady est forcée de se prostituer, la forêt qui abrite le campement sont autant de lieux frontaliers, d'espaces intermédiaires où sont immobilisés les migrants, « échoués » comme sous le joug d'une malédiction qui les retient, sans espoir de poursuivre leur voyage.

La déchéance physique

Même si le lecteur a peu accès à l'intériorité de l'héroïne, ses sensations physiques sont rendues avec beaucoup d'exactitude. Khady est dans l'impossibilité d'exprimer verbalement son ressenti, c'est pourquoi le langage du corps se substitue aux mots chez elle. La peur se traduit ici par des nausées, par un essoufflement, et les odeurs déplaisantes saturent l'atmosphère (sueur âcre de Lamine, effluves douceâtres de la mer, blessure suppurante au mollet, odeur rebutante d'une main qui tente de nourrir l'héroïne…).

La représentation des corps des personnages met l'accent sur leur faiblesse et sur leur déchéance. Dans le désert, les migrants sont accablés de sécheresse et de chaleur, leur peau est « racornie, fendillée » (p. 62). Les corps transpirent et saignent. La violence subie par les personnages est d'abord physique, comme en témoigne l'omniprésence de la souffrance. Les « deux morceaux disjoints du lobe » (p. 28) de l'oreille de Khady résultent d'une altercation à l'école, pendant l'enfance, le dos de Lamine est parcouru de « traces rosâtres, légèrement boursouflées » (p. 53), souvenir des coups de sa belle-mère, les migrants sont cruellement frappés et jetés à terre, les clients de Khady sont contaminés par son infection vaginale et laissent échapper une « exclamation de douleur et de déception » (p. 65).

Le corps malade de Khady fait l'objet de descriptions propres à susciter à la fois répugnance et empathie de la part du lecteur. Sa blessure semble incurable, elle provoque en elle des douleurs intolérables. Son corps est l'objet d'une dégradation qui paraît irréversible, et qui fait d'elle une martyre.

La puissance et l'impuissance

Khady Demba, persécutée par un destin cruel, n'en démontre pas moins une force d'âme exceptionnelle tout au long du récit. Dès les premières pages, repensant à ses années de mariage, elle est caractérisée par une détermination « hallucinée » (p. 11) de tomber enceinte. Plus tard, cette volonté aveugle, cette « intention dont elle ignorait encore tout mais comprenait qu'elle serait bien forcée d'en trouver la nature » (p. 11) est évoquée comme un ressort lui permettant d'affronter les situations les plus tragiques.

Dans les épreuves terribles ou humiliantes qu'elle rencontre, la jeune femme fait preuve d'une endurance hors norme et ne doute jamais de qui elle est.

Le genre du récit

Une nouvelle réaliste ?

La brièveté et le caractère elliptique (qui comporte des manques, des silences) du récit, l'efficacité et le rythme de la narration, l'absence de passages descriptifs concourent à rattacher ce texte au genre de la nouvelle. Les personnages y sont esquissés rapidement et la trame du récit, d'une grande simplicité, ne s'accompagne pas d'intrigues parallèles ou secondaires. Ancré dans une actualité contemporaine marquée par les déplacements de population et les flux migratoires (➡ voir Fiche 2, p. 97), **le récit relève au premier abord de la tonalité réaliste**. Si le cadre de l'histoire reste très vague, la romancière insère quelques scènes, à la manière d'instantanés photographiques, qui créent des effets de réel : le lecteur voit défiler « une femme enceinte qui, assise au pied d'un manguier, donnait à manger une bouillie de riz à un petit enfant » (p. 23), des « maisons de parpaings aux toits de tôle devant lesquelles becquetaient de petites poules blanches » (p. 32).

L'attention portée à certains détails vestimentaires, qui permettent de situer socialement les personnages, semble confirmer la nature réaliste du récit. Le contraste est particulièrement frappant entre le dénuement de Khady et les vêtements apprêtés du passeur. Celui-ci semble presque rebondir sur les « semelles épaisses et légères de ses chaussures de sport » (p. 22). Mais cette disparité qui oppose la misère de l'héroïne et l'habillement opulent du passeur, et qui est soulignée à plusieurs reprises, déborde du cadre du réalisme pour devenir le lieu d'une interrogation socio-politique sur le rapport entre chaussures et statut social : « Elle se demanda alors s'il était gêné qu'on la vît marcher à ses côtés, cette femme [...] aux pieds blancs de poussière, près de lui qui prenait, avec [...] ses chaussures de sport vertes, un soin évident de son aspect... » (p. 24).

Un conte fantastique

Si le contexte de l'œuvre est réaliste, le récit comporte des détails qui relèvent du fabuleux, à commencer par des personnages malfaisants qui semblent tout droit sortis d'un conte de fées. Victime de la cruauté de son entourage, chassée hors de chez elle, résignée à endurer son martyre, Khady rappelle les figures de Gretel, du Petit Poucet ou de Cendrillon.

C'est surtout la prolifération déconcertante des oiseaux et le glissement de l'humain à l'animal dans le récit qui créent une atmosphère fantastique. Corbeaux, choucas, mouettes jalonnent le parcours de l'héroïne. Ils sont décrits de manière troublante : « elle entendait crier les choucas dans leur colère d'éternels affamés et [...] distinguait en bordure de son champ de vision les points sombres, innombrables, de leurs rondes saccadées» (p. 26). Les perceptions visuelles et auditives de la jeune femme sont déformées par sa peur de l'inconnu, la nouveauté radicale de sa situation, et une certaine tendance à la superstition. Ainsi, en découvrant pour la première fois les migrants qui attendent dans l'arrière-cour d'un immeuble, on apprend que Khady «eût été à peine surprise de voir s'élever [d'entre ces êtres] des ailes repérables dans la nuit à leur frange» (p. 36). Cette analogie indirecte entre les migrants et les oiseaux résonne de manière ironique dans le texte : la liberté de mouvements propre aux oiseaux est justement refusée à ces hommes.

Le recours aux descriptions animales permet d'interroger le propre de l'humanité. À ce titre, le passeur – « oiseau féroce au pied léger » (p. 33) – apparaît comme un des personnages les plus ambigus, en raison de l'effroi qu'il suscite chez Khady: «le bas de son visage, comme la mâchoire d'un rongeur, était toujours en mouvement» (p. 22). Constamment animalisé, il fait l'objet d'une projection délirante de la part de la migrante, ainsi que l'indique la présence récurrente de modalisateurs au sein de la description: «Cachait-il derrière ses verres miroirs les petits yeux ronds, durs et fixes des corbeaux?» (p. 30). La description métaphorique du passeur, qui semble nourrie par un imaginaire folklorique, fait penser à des contes comme *Les Sept Corbeaux* (1937) des frères Grimm et aurait pour fonction de mettre en question l'humanité supposée d'un personnage aux agissements condamnables.

Enfin, la métamorphose animale de l'héroïne et l'hésitation quant à l'interprétation de sa fin tragique confirment la dimension fantastique du récit.

Une fable contemporaine

La nouvelle peut être lue comme une parabole sur la migration. Pour donner un contexte réaliste à son récit, Marie NDiaye s'est plongée dans la lecture de *Bilal sur la route des clandestins*, livre de reportage du journaliste Fabio Gatti paru en 2008. **Cependant, l'absence de références géographiques précises et l'efficacité du récit, réduit à une intrigue succincte, contribuent à l'apparenter à une fable.** Les lieux évoqués – une médina, une buvette, un marché, une cour en terre battue à l'arrière d'une maison – comportent une dimension générique qui confère au texte une universalité; tout comme l'héroïne dont l'absence d'attaches familiales et sociales, et les épreuves qu'elle traverse en font l'archétype de la migrante. Ainsi, en brouillant les contours de l'action, en floutant le cadre et en faisant de la jeune femme un personnage emblématique d'un déracinement, **la romancière donne à l'histoire de Khady une dimension mythique.**

Les personnages du récit

Khady Demba, une héroïne inclassable

Dépourvue des qualités traditionnellement rattachées à un personnage héroïque, Khady Demba apparaît comme une héroïne d'un type nouveau. Cette singularité ne tient pas seulement à sa vulnérabilité face à un sort qui semble s'acharner contre elle, mais aussi au fait qu'elle apparaisse comme complètement démunie : privée d'affection, de liens familiaux et sociaux, d'argent et de ressources, Khady est aussi dépourvue de connaissances et l'usage de la parole lui est presque systématiquement refusé.

L'héroïne évolue à la fois physiquement et intérieurement. Face à un enchaînement de péripéties de plus en plus décourageantes, elle fait preuve d'une résistance et d'une adaptabilité incomparables et témoigne d'un optimisme déconcertant : « elle se sentait encore parfois inondée d'une joie chaude quand, seule dans la nuit, elle murmurait son nom et une fois de plus le trouvait en convenance exacte avec elle-même » (p. 70). **La jeune migrante se console par la répétition de son nom, repère inamovible dans un quotidien chaotique.**

En outre, les rares indices géographiques donnés permettent d'inscrire le trajet de la jeune femme dans des pays touchés massivement par l'exode de leurs habitants (➡ voir Fiche 2, p. 97), ce qui incite à voir en elle une héroïne emblématique d'un continent à l'abandon. **Khady Demba est donc un symbole en ce qu'elle rend visible un type de personnage sous-représenté dans la littérature : une femme africaine dénuée de tout, illettrée, migrante et clandestine.**

Les migrants, des figures fantomatiques

À l'exception de Lamine, **les migrants sont représentés comme une foule d'anonymes, à mi-chemin entre des personnages et des figurants.** Lorsque Khady les rejoint pour la première fois, elle voit un « groupe indistinct de paquets et d'êtres assis ou allongés » (p. 36). Les terribles conditions dans lesquelles ils survivent, ainsi que les mauvais traitements qu'ils subissent, expliquent qu'ils apparaissent dévitalisés, invisibles aux yeux du monde et aveugles à ce qui les entoure. Ces êtres en déroute semblent du reste avoir perdu toute apparence humaine. C'est ce dont témoigne la description des habitants du camp de clandestins, à la fin du récit : « des hommes en haillons se déplaçaient entre les arbres, transportant des bidons et des branchages » (p. 73).

De cette masse d'hommes et de femmes sans nom, le personnage de Lamine se détache. Compagnon de voyage de Khady, il apparaît d'abord comme un personnage désintéressé et généreux, au corps « trempé dans le bain glacial des sacrifices obligés »

Le tour du récit en 8 fiches

(p. 49). Plus jeune que l'héroïne, il joue le rôle de mentor, de protecteur, d'amant occasionnel, et de frère auprès d'elle, la nourrissant, la renseignant et lui permettant de poursuivre son voyage en lui fournissant un faux passeport: «en demeurant avec lui elle profiterait et s'emplirait de ces connaissances» (p. 51). *Alter ego* masculin de Khady, Lamine partage avec elle une détermination sans pareille et cherche, lui aussi, à fuir un passé odieux: «il lui était indifférent de mourir s'il fallait même envisager de payer de ce prix la poursuite d'un tel but, mais vivre comme il avait vécu jusqu'à présent, il ne le voulait plus» (p. 53). Mais l'humiliation subie par le jeune garçon et l'intuition que Khady devra se livrer à la prostitution pour leur permettre de survivre modifient leur rapport et brisent leur complicité.

Des humains corrompus par l'argent

Dans le récit, les relations entre les personnages sont constamment perverties par l'argent. Dans les propos que la belle-mère tient à Khady, l'argent apparaît comme une obsession omniprésente: « Tu dois nous envoyer de l'argent dès que tu seras là-bas. Si tu n'y arrives pas, tu ne dois pas revenir» (p. 22). Ses ongles jaunes et griffus ne sont pas sans rappeler les serres d'un rapace. L'extrême pauvreté dans laquelle se trouvent tous les protagonistes les pousse, pour la plupart, à agir contre leur nature. C'est pourquoi il est difficile de rattacher les personnages du récit aux catégories classiques des adjuvants et des opposants.

Dans un tel contexte, les notions de bien et de mal se dissolvent: chacun est guidé par son intérêt et sa survie. C'est ainsi qu'après avoir aidé Khady, Lamine finit par lui voler de l'argent pour poursuivre sa route. De même, la proxénète qui force Khady à se prostituer, la berce et la panse «avec une sollicitude toute maternelle» (p. 66). Enfin, le couple de migrants dans le camp de réfugiés soigne Khady et l'alimente alors même qu'il l'a probablement «dépouillée de toutes ses possessions» (p. 74). Khady elle-même ne fait pas exception et fait taire toute forme d'empathie en elle pour survivre: «les histoires pénibles du passé de Lamine, qui, ne pouvant servir, risquaient seulement de freiner et de dévier le développement encore jeune, incertain, de ses pensées» (p. 54).

Le personnage du passeur, inquiétant et impénétrable, incarne parfaitement ces rapports humains faussés, dénaturés par l'argent. Sa voix est «neutre» (p. 22 et 24), son visage «dédaigneu[x]» (p. 27) et les termes d'«étranger» ou d'«inconnu» le désignent de manière récurrente, comme pour souligner son indifférence face à la souffrance humaine.

Marie NDiaye, une écriture singulière

À travers leurs œuvres, les romanciers contemporains (➡ voir Fiche 2, p. 97) **font écho à une réalité socio-économique, territoriale et historique en constante mutation. La fiction devient un moyen d'interroger son époque, le roman une nouvelle manière de s'emparer du réel et de manifester une inquiétude à l'égard du monde et de son évolution.**

Depuis la publication de son premier roman *Quant au riche avenir* (1985), Marie NDiaye met en scène des êtres aux prises avec un monde indéchiffrable, dans des récits à première vue réalistes où semble cependant planer une menace. Cette étrangeté caractéristique des textes de la romancière explique que ceux-ci résistent à toute tentative de classement.

Le malaise du lecteur

Si l'œuvre de Marie NDiaye paraît inclassable, c'est qu'elle déjoue les attentes du lecteur : celui-ci est en effet confronté à des personnages troublants en ce qu'ils sont à la fois terriblement banals et profondément singuliers. Ces héros et ces héroïnes ordinaires, étrangers à eux-mêmes et aux autres, sont souvent prisonniers d'une situation dont ils ne parviennent pas à s'extirper (*Mon cœur à l'étroit*, 2007 ; *Rosie Carpe*, 2001).

La trame du récit est faite d'événements triviaux, qui prennent progressivement des proportions démesurées, comme si le réel dérapait ou que la réalité se déréglait. La focalisation interne fait obstacle à une vision d'ensemble des péripéties, dont l'enchaînement n'obéit pas forcément à une logique rationnelle. De même, le choix d'une narration en retrait ne fournit aucune clé permettant au lecteur d'interpréter le texte. Plongé dans ces romans, le lecteur est bien souvent en proie à une forme de gêne.

C'est cette gêne qui l'envahit quand le quotidien de Nadia, protagoniste de *Mon cœur à l'étroit* (2007), institutrice dévouée à ses élèves et épouse modèle, se dégrade de manière irréversible. D'abord temporairement exclue de l'école dans laquelle elle travaille, Nadia est peu à peu traitée comme une pestiférée par tous ceux qu'elle croise, sans que les raisons de ce bannissement soient explicitées. Mais cette figure féminine, apparemment irréprochable, s'apparente peut-être à une figure plus machiavélique qu'il n'y paraît.

Dans le premier récit de *Trois femmes puissantes*, les souvenirs de Norah sont systématiquement démentis par son père et il est difficile de savoir qui détient la vérité tant celle-ci est incertaine. La protagoniste du récit est ainsi persuadée que le domestique de son père s'appelait Mansour. Or, elle a désormais affaire à un certain Masseck dont son père lui assure qu'il a toujours été à son service. De même, contrairement à ce qu'affirme le père de Norah, celle-ci ne se rappelle pas avoir séjourné à Grand-Yoff, un quartier de Dakar, quand elle avait une vingtaine d'années. Si le lecteur est amené à croire qu'il s'agit probablement d'un souvenir que l'héroïne aurait refoulé, il peut aussi bien, au vu de la personnalité toxique du père, privilégier l'hypothèse d'une mystification paternelle.

Le lecteur en vient donc à questionner le crédit à accorder au point de vue du protagoniste sur les faits et à se demander si cette version correspond bien à la réalité des événements.

Des fables sociales

Dans l'œuvre de Marie NDiaye, les personnages sont tous confrontés à une forme de marginalisation, de mise à l'écart. Les milieux dans lesquels ils évoluent, corrompus par la médiocrité ou la mesquinerie, sont régis par des mécanismes d'exclusion ou d'indifférence. La romancière s'attache en particulier à représenter certains milieux de province dans lesquels toute différence apparaît comme une marque d'infamie. Les protagonistes se voient alors sanctionnés pour leur inadaptation sociale, que celle-ci soit volontaire ou infligée. **Accablés pour une faute qu'ils ont commise mais dont ils ne savent rien, ils subissent une forme de désintégration d'une rare violence.**

C'est le cas de Fanny, qui, dans le roman *En famille* (1991), est violemment rejetée par les siens, sans comprendre les motifs de cette indifférence ou de cette hostilité. Dans *Rosie Carpe* (2001), les parents de Rosie et de Lazare, êtres monstrueux et immoraux, abandonnent quant à eux leurs enfants, au prétexte qu'ils les ont déçus.

Rudy Descas, personnage du deuxième récit de *Trois femmes puissantes*, subit une déchéance sociale insupportable : ancien professeur de lettres classiques, il doit désormais vendre des cuisines équipées et se sent profondément inadapté. Alors qu'il est lui-même terrassé par la honte, le protagoniste est aussi plein de mépris pour le milieu provincial qu'il est contraint de fréquenter, cristallisant sa haine sur son patron Manille, dont il jalouse « la villa de rêves » à « l'entrée chichiteuse ». Le monde extérieur ne fait que rappeler au personnage son échec, son humiliation, et son inadaptation, et Rudy – à la fois bourreau et victime – s'enfonce au fil du récit dans une spirale infernale et pathétique.

Citations

Histoire de Khady Demba. Trois femmes puissantes

« elle accepta de devenir une pauvre chose, de s'effacer », p. 14.

« elle se rencognait si bien, [...], resserrée sur elle-même, [...], qu'on l'oubliait, comme si ce bloc de silence et de désaffection ne valait plus l'effort d'une apostrophe, d'un quolibet », p. 14.

« De telle sorte qu'elle avait toujours eu conscience d'être unique en tant que personne », p. 15.

« À présent encore c'était quelque chose dont elle ne doutait pas – qu'elle était indivisible et précieuse », p. 16.

« leurs yeux durs, étrécis, [...] ne distinguaient pas entre cette forme nommée Khady et celles, innombrables, des bêtes et des choses qui se trouvent aussi habiter le monde », p. 18.

« elle songea : Oui, moi, Khady Demba, toujours heureuse de prononcer muettement son nom et de le sentir si bien accordé avec l'image qu'elle avait, précise et satisfaisante, de sa propre figure ainsi qu'avec son cœur de Khady, ce qui se nichait en elle et auquel nul n'avait accès en dehors d'elle-même », p. 39.

« l'intense douleur, qui ne s'apaisait jamais à présent, se mêlait à la joie, et c'était comme si cette dernière l'élançait violemment aussi », p. 58.

« Au vrai, elle ne regretterait rien, immergée tout entière dans la réalité d'un présent atroce mais qu'elle pouvait se représenter avec clarté », p. 59.

« le mollet de Khady lui causait une telle souffrance qu'il lui semblait, par flashes, que cela ne pouvait être réel, soit qu'elle fût en train de se débattre dans le plus cruel cauchemar de son existence, soit qu'elle fût déjà morte », p. 62.

« et néanmoins elle restait Khady Demba, [...], bien qu'elle ressemblât maintenant de plus en plus à ces êtres égarés, faméliques, aux gestes lents qui vaguaient dans la ville », p. 71.

« Elle laissa sur le pain des traces sanglantes, ses gencives saignaient.

Mais [...] elle-même se sentait [...] hors d'atteinte, à l'abri de son inaltérable humanité », p. 74.

À propos de *Trois femmes puissantes* et de l'écriture de Marie NDiaye

« Marie NDiaye écrit avec une sorte de douceur sous laquelle vibre une angoisse profonde. Son écriture est calme et limpide, mais sous la surface vit et vibre un monde de douleur. »

Jean-Marie Laclavetine,
éditeur de la romancière chez Gallimard depuis 2007.

« Alors que le malheur dans ce récit est à son comble, curieusement Khady Demba, la jeune femme que le destin poursuit, [...] est lumineuse et apaisante. »

« L'exil et la mauvaise conscience », *La Quinzaine littéraire*,
Marie Étienne, n° 998, sept. 2009.

« [...] ce dernier [récit] est une sorte d'épure, débarrassé de l'inutile, une tragédie muette et d'autant plus impressionnante, un conte pour adulte dans un monde mortifère. »

« L'exil et la mauvaise conscience », *La Quinzaine littéraire*,
Marie Étienne, n° 998, sept. 2009.

« Norah, Fanta, Khady [...] En elles s'incarne une condition humaine déchirée entre une exigence d'absolu et un présent dévasté. »

« Marie NDiaye ou la force des faibles », *La Quinzaine littéraire*,
Omar Merzoug, n° 998, sept. 2009.

Groupements de textes

Groupement 1
L'inquiétante étrangeté dans *Trois femmes puissantes*

L'histoire de Khady Demba s'intègre dans un ensemble plus vaste puisqu'elle constitue le troisième et dernier récit de *Trois femmes puissantes*. Le roman de Marie NDiaye met en scène Norah, Fanta et Khady, personnages en qui l'on peut voir des figures sacrificielles, mais aussi des symboles de résilience. Celles-ci évoluent dans un univers réaliste dans lequel s'infiltrent l'insolite, l'étrange, et le surnaturel. Cette atmosphère troublante, aux limites du fantastique, tient essentiellement à l'omniprésence déroutante des oiseaux, que l'on retrouve dans les trois récits, et à la confusion entre l'humain et l'animal. Ainsi, les trois héroïnes se changent toutes en oiseaux, sans que l'on sache si ces transformations sont rêvées, désirées, ou s'il faut voir en elles les projections délirantes d'un autre personnage. Le premier récit de *Trois femmes puissantes* (textes 1, 2 et 3) raconte le séjour de Norah dans la maison de son père, au Sénégal, alors qu'elle n'a pas vu ce dernier depuis des années. Le malaise et l'égarement de la jeune femme, à l'idée de retrouver un père qui les a abandonnées, sa mère, sa sœur et elle, en emmenant avec lui le benjamin de la famille, se manifestent à travers les visions hallucinatoires de la protagoniste et la métamorphose du père en oiseau. Les autres textes (4, 5 et 6) sont issus du récit central de *Trois femmes puissantes*, qui retrace l'errance de Rudy Descas, au volant de sa voiture, un homme humilié, en colère contre lui-même, sa femme, et le monde entier. Fanta, l'épouse de Rudy, est présentée (texte 4) comme une magicienne aux pouvoirs surprenants, tandis que les deux derniers textes décrivent l'attaque du protagoniste par un volatile enragé, dans lequel Rudy imagine voir sa femme.

Marie NDiaye, *Trois femmes puissantes, Norah*

➡ **Voir commentaire, p. 148-149**

Marie NDiaye ouvre son roman par l'apparition du père de Norah sur le seuil de sa grande maison, au Sénégal. La jeune femme ne l'a pas vu depuis des années et entretient avec lui des rapports très distants. Aux yeux de Norah, cet homme est coupable d'une faute impardonnable, ayant en effet arraché son petit frère Sony à sa mère, alors que le garçon n'avait que cinq ans, pour l'emmener définitivement au Sénégal. Norah, avocate à Paris, s'est vue forcée de laisser momentanément sa petite fille en France et son travail pour répondre à la demande pressante de son père de le retrouver. La narratrice brosse ici un étrange portrait.

Et celui qui l'accueillit ou qui parut comme fortuitement[1] sur le seuil de sa grande maison de béton, dans une intensité de lumière soudain si forte que son corps vêtu de clair paraissait la produire et la répandre lui-même, cet homme qui se tenait là, petit, alourdi, diffusant un éclat blanc comme une ampoule au néon, cet homme surgi au seuil de sa maison démesurée n'avait plus rien, se dit aussitôt Norah, de sa superbe[2], de sa stature, de sa jeunesse auparavant si mystérieusement constante qu'elle semblait impérissable.

1. **Fortuitement** : par hasard.
2. **Superbe** : fierté, hauteur, arrogance.

Il gardait les mains croisées sur son ventre et la tête inclinée sur le côté, et cette tête était grise et ce ventre saillant[1] et mou sous la chemise blanche, au-dessus de la ceinture du pantalon crème.

Il était là, nimbé[2] de brillance froide, tombé sans doute sur le seuil de sa maison arrogante depuis la branche de quelque flamboyant[3] dont le jardin était planté car, se dit Norah, elle s'était approchée de la maison en fixant du regard la porte d'entrée à travers la grille et ne l'avait pas vue s'ouvrir pour livrer passage à son père – et voilà que, pourtant, il lui était apparu dans le jour finissant, cet homme irradiant[4] et déchu[5] dont un monstrueux coup de masse sur le crâne semblait avoir ravalé les proportions harmonieuses que Norah se rappelait à celles d'un gros homme sans cou, aux jambes lourdes et brèves.

Immobile il la regardait s'avancer et rien dans son regard hésitant, un peu perdu, ne révélait qu'il attendait sa venue ni qu'il lui avait demandé, l'avait instamment[6] priée (pour autant, songeait-elle, qu'un tel homme fût capable d'implorer un quelconque secours) de lui rendre visite.

Il était simplement là, ayant quitté peut-être d'un coup d'aile la grosse branche du flamboyant qui ombrageait de jaune la maison, pour atterrir pesamment sur le seuil de béton fissuré, et c'était comme si seul le hasard portait les pas de Norah vers la grille à cet instant.

Marie NDiaye, *Trois femmes puissantes* [2009], I, Gallimard, « Folio », 2011.

---

1. **Saillant** : qui avance, proéminent.
2. **Nimbé** : auréolé, dont la tête est entourée d'un cercle de lumière.
3. **Flamboyant** : arbre tropical dont les fleurs sont rouges.
4. **Irradiant** : qui rayonne.
5. **Déchu** : qui a perdu sa force, sa jeunesse.
6. **Instamment** : d'une manière pressante, avec urgence.

Marie NDiaye, *Trois femmes puissantes, Norah*

Contrainte de cohabiter pour quelques jours avec un père qui la traite avec une insupportable froideur, et qu'elle considère désormais comme un étranger, Norah se sent piégée et ne parvient pas à trouver le sommeil. Elle se lève alors et finit par découvrir que son père s'est réfugié sur une branche du flamboyant qui borde la maison. Cette retraite du personnage dans son arbre n'est pas sans rappeler le roman de l'italien Italo Calvino (1923-1985), *Le Baron perché* (1957), dont le personnage principal décide de rompre avec la société et les hommes en ne mettant plus pied à terre.

Elle ouvrit une porte qu'elle se rappelait pouvoir être celle de la salle de bains.

Mais c'était la chambre de son père, elle était vide, le grand lit non défait, et certaine qualité d'inertie[1] de l'air et de toute chose qui lui fit penser que la pièce n'était plus utilisée.

Elle longea le couloir jusqu'au salon, traversa celui-ci en tâtonnant.

La porte d'entrée n'était pas verrouillée.

Serrant sa trousse contre sa poitrine et sentant au creux de ses genoux le frôlement de sa chemise, elle sortit sur le seuil de la maison, ses pieds nus sur le ciment tiède foulant les fleurs invisibles tombées du grand flamboyant vers lequel elle osa enfin lever les yeux dans le vain espoir de n'y rien discerner, de n'y pas découvrir dans l'entrelacs[2] des branches noires la tache claire, la froide luminescence[3] du corps recroquevillé de son père dont elle croyait entendre la respiration douloureuse et forte, le souffle désolé et même les pleurs étouffés, les petits gémissements de détresse.

Brisée d'émotion, elle voulut l'appeler.

Mais par quel mot?

Elle ne s'était jamais servie avec aisance de « papa » et ne pouvait s'imaginer criant son prénom, qu'elle connaissait à peine.

---

1. **Inertie** : immobilité.
2. **Entrelacs** : entrelacement, réseau de branches.
3. **Luminescence** : rayonnement, émission de lumière.

Groupements de textes

L'envie de le héler[1] lui resta dans la gorge.

Elle le regarda un long moment osciller très faiblement au-dessus d'elle, ne pouvant distinguer son visage mais reconnaissant, agrippées à la plus grosse branche, les vieilles tongs de plastique.

Son père, cet homme fini, brillait de mille feux livides[2].

Quel mauvais présage !

Elle voulait fuir au plus vite cette maison funèbre, elle avait l'impression cependant qu'en ayant accepté d'y revenir et su repérer l'arbre où perchait son père, elle avait engagé sa responsabilité trop avant pour détourner le regard et rentrer chez elle.

Marie NDiaye, *Trois femmes puissantes* [2009], I, Gallimard, « Folio », 2011.

Marie NDiaye, *Trois femmes puissantes, Norah*

Norah vient de rendre visite à son frère Sony, un garçon doux et raisonnable, inculpé à tort pour le meurtre de sa belle-mère et incarcéré dans la prison de Reubeuss. À ce premier choc s'est ajoutée l'impression d'avoir reconnu sa fille, Lucie, en compagnie de son compagnon, Jakob, et de sa fille à lui, attablés à la terrasse du grand hôtel de Dakar, alors qu'elle les croyait en France. Bouleversée et furieuse contre son père, qui n'a pas su protéger son fils comme il l'avait promis, Norah a été prise d'incontinence urinaire dans la voiture conduite par Masseck, le chauffeur de son père.

Une onde de rage contre son père la traversa si violemment qu'elle en claqua des dents.

Qu'avait-il fait de Sony?

Qu'avait-il fait d'eux tous?

Il était chez lui partout, installé en chacun d'eux en toute impunité[3] et, même mort, continuerait de leur nuire et de les tourmenter.

Elle demanda à Masseck de la laisser devant le grand hôtel.

---

1. **Héler**: appeler de loin.
2. **Livides**: pâles, ternes.
3. **En toute impunité**: sans risquer d'être exposé à une punition.

– Tu pourras rentrer à la maison, dit-elle, je me débrouillerai, je prendrai un taxi.

À son grand embarras, la puanteur de l'urine emplit très vite l'intérieur de la Mercedes.

Masseck, sans rien dire, baissa les vitres à l'avant.

Elle constata, soulagée, que la terrasse de l'hôtel était vide.

Pourtant un reflet des fillettes et de Jakob persistait, une discrète mais sensible émanation[1] de leur présence comploteuse[2] et enjouée, au point qu'un souffle l'ayant frôlée elle leva les yeux mais ne vit au-dessus d'elle que la silhouette à contre-jour d'un gros oiseau au plumage clair, au vol lourd et malaisé, qui abattit soudain sur la terrasse le froid d'une ombre excessive, anormale.

Une pointe de colère la saisit derechef[3] puis s'évanouit en même temps que passait l'oiseau.

Elle entra dans le hall de l'hôtel, chercha des yeux le bar.

– J'ai rendez-vous avec M. Jakob Ganzer, dit-elle à l'employé de la réception.

Il hocha la tête et Norah se dirigea vers le bar, foulant de ses sandales mouillées la moquette verte à ramages[4] dorés qui était du même modèle que vingt ans auparavant.

Elle commanda un thé puis alla aux toilettes nettoyer ses jambes et ses pieds.

Elle ôta sa culotte, la rinça dans le lavabo, l'essora et la tint un long moment sous le séchoir électrique.

Elle redoutait ce qui l'attendait dans le bar, où elle avait remarqué qu'on pouvait utiliser un ordinateur relié à l'Internet.

Buvant son thé avec lenteur pour retarder l'instant de se mettre aux recherches nécessaires et regardant machinalement depuis sa table le barman qui suivait un match de foot sur le grand écran suspendu au-dessus du comptoir, elle songeait qu'il n'y avait pas eu de pire sort pour les enfants de son père, de cet homme dangereux, que d'être aimé de lui.

---

1. **Émanation** : odeur, manifestation, impression.
2. **Comploteuse** : qui complote.
3. **Derechef** : de nouveau.
4. **À ramages** : motifs décoratifs représentant des rameaux, des feuilles, des fleurs. Le terme désigne aussi des chants d'oiseaux.

Groupements de textes

Car Sony était bien celui qui avait payé le plus chèrement d'être né d'un tel homme.

Quant à elle, oh, certes rien n'était achevé encore, il était possible qu'elle n'eût pas encore compris ce qui lui était réservé, à elle ou à Lucie, possible aussi que, le démon sur son propre ventre, elle n'eût pas encore réalisé qu'il était là, assis, guettant son heure.

Marie NDiaye, *Trois femmes puissantes* [2009], I, Gallimard, «Folio», 2011.

Marie NDiaye, *Trois femmes puissantes, Fanta*

Le récit central de *Trois femmes puissantes* rapporte les déambulations et le monologue délirant de Rudy Descas, personnage grotesque et pitoyable, frappé par une déchéance sociale et économique. Alors que le protagoniste, sa femme et leur petit garçon menaient une vie agréable au Sénégal, Rudy a été banni de l'établissement où il enseignait après avoir agressé un élève qui était venu lui parler. Son épouse, Fanta, a été contrainte de le suivre en France, abandonnant son métier d'enseignante. Dans ce texte, le héros se rappelle un épisode qui a lieu quelques années plus tôt, durant lequel Fanta et lui avaient failli être mordus par d'énormes chiens qui surveillaient l'entrée d'un château. Fanta avait réagi avec calme et sang-froid, tandis que le protagoniste avait fui devant les chiens menaçants. Il esquisse alors un portrait d'elle en magicienne aux pouvoirs surprenants.

Il jetait des regards en coin au visage impassible[1], aux grands yeux bruns de sa femme baissés vers les graviers de l'allée qu'elle agitait distraitement de l'extrémité d'une baguette, petite branche de noisetier ramassée à l'instant où les chiens avaient déboulé.

Quelque chose en elle résistait à la compréhension, songeait-il presque admiratif quoique mal à l'aise – dans le naturel de sa placidité[2] chez une femme qui était avant tout une intellectuelle,

1. **Impassible**: imperturbable.
2. **Placidité**: sérénité, sang-froid.

dans la méconnaissance qu'elle semblait avoir, elle qui déchiffrait tout, de son propre flegme.

Il regardait le large, le haut méplat[1] de sa joue lisse, les cils noirs épais, le nez à peine saillant, et l'amour qu'il lui portait, à cette femme secrète, l'effrayait.

Car elle était étrange, trop étrange pour lui peut-être, et il s'épuisait à démontrer qu'il n'était pas réduit à ce qu'il avait l'air d'être, qu'il n'était pas simplement un ex-professeur de lycée revenu s'installer dans sa province natale mais un homme que le sort avait élu pour s'acquitter d'un destin original.

Il lui aurait suffi, à lui, Rudy Descas, il s'en serait contenté avec gratitude, de n'être chargé de nul autre devoir que de celui d'aimer Fanta.

Mais il avait l'impression que c'était trop peu pour elle, même si elle l'ignorait, et que, l'ayant enlevée à son univers familier, il lui devait bien davantage qu'une assez grossière petite maison dans la campagne, laborieusement[2] payée à crédit, et toute la vie y afférente[3], toute cette modicité[4] qui le mettait hors de lui.

Et il se tenait maintenant au bord de cette même joyeuse petite route, plusieurs années après que les chiens avaient failli les déchirer tous les deux (mais la tranquillité de Fanta n'aurait-elle pas suspendu leur bond, ne se seraient-ils pas écartés d'elle en geignant[5] peut-être, apeurés de sentir qu'elle n'était pas un être humain semblable aux autres ?), par une tiède et suave[6] matinée de mai pareille à celle-ci, sinon que sa déconfiture[7] avait alors à peine altéré sa confiance en l'avenir, en leur succès, en leur veine éblouissante, et qu'il savait à présent que rien ne réussirait.

Marie NDiaye, *Trois femmes puissantes* [2009], II, Gallimard, « Folio », 2011.

1. **Méplat** : partie plane. Ici, des joues.
2. **Laborieusement** : difficilement.
3. **Et toute la vie y afférente** : et toute cette vie contrainte par ce manque d'argent.
4. **Modicité** : médiocrité, niveau de vie modeste.
5. **Geignant** : gémissant.
6. **Suave** : douce, exquise.
7. **Déconfiture** : ruine, échec.

Marie NDiaye, *Trois femmes puissantes, Fanta*

En France, Rudy a retrouvé un travail purement alimentaire auprès d'un cuisiniste, Menotti, qu'il méprise et qui – croit-il – entretient une liaison amoureuse avec Fanta. Le matin de cette journée funeste, Rudy a tenu des propos insultants à Fanta et regrette depuis ses paroles, dont il sent qu'elles pourraient avoir un effet irréversible sur leur relation. Il s'est rendu à son travail, a insulté son employeur, et déambule désormais dans la région, au volant de sa voiture, rongé par la culpabilité et la honte.

À l'instant où il se demandait s'il pourrait s'autoriser à prier Menotti de le laisser utiliser son téléphone pour tenter de joindre Fanta (que fait-elle, mon Dieu, et dans quelle disposition d'esprit ?), il remarqua le ventre clair, les vastes ailes brunes d'une buse[1] volant bas, face à lui.

Il leva le pied de l'accélérateur.

La buse fonçait sur le pare-brise.

Elle crocha ses griffes aux essuie-glaces, plaqua son abdomen à la vitre.

Rudy eut une exclamation de surprise et freina brutalement.

La buse ne bougea pas.

Ses ailes déployées sur toute la largeur de pare-brise, tête tournée vers le côté, elle fixait sur lui son œil horriblement sévère et jaune.

Rudy klaxonna.

La buse eut un frémissement de tout son poitrail[2], cependant elle sembla affermir[3] encore la position de ses serres et, sans quitter de son regard froidement accusateur le visage de Rudy, elle poussa un cri qui parut à celui-ci celui d'un chat furieux.

Lentement, il sortit de la voiture.

Il laissa la portière ouverte, n'osant s'approcher de l'oiseau qui, pour continuer de le scruter, avait légèrement déplacé sa tête et l'observait maintenant, tenace, glacial, de son autre œil.

---

1. **Buse** : petit rapace.
2. **Poitrail** : partie de l'oiseau située entre le cou et les pattes.
3. **Affermir** : consolider.

Et Rudy songea, liquéfié de tendresse et d'anxiété : Brave petit dieu de maman[1], bon petit père, faites qu'il ne soit rien arrivé à Fanta.

Il tendit vers la buse un bras qui tremblait un peu.

Elle se détacha du pare-brise, poussa de nouveau son cri rageur, chargé d'une irrévocable condamnation, et prit pesamment[2] son envol.

Comme elle s'élevait au-dessus de Rudy, l'une de ses griffes lui écorcha le front au passage.

Il sentit sur ses cheveux le battement d'une aile lourde.

Il se rejeta dans la voiture, claqua la portière.

Marie NDiaye, *Trois femmes puissantes* [2009], II, Gallimard, « Folio », 2011.

Marie NDiaye, *Trois femmes puissantes, Fanta*

➡ **Voir explication linéaire, p. 137-139**

Après avoir subi une première attaque de la buse, dont il se remet à peine, Rudy se voit à nouveau agressé par ce rapace, alors qu'il finit d'engloutir rapidement un déjeuner. Le protagoniste émet intérieurement l'hypothèse que cet oiseau a été envoyé par sa femme, à laquelle il prête des pouvoirs surnaturels. La buse reviendra une dernière fois, à la fin du récit, pour une ultime attaque.

Rudy bouchonna le papier d'emballage du jambon et le jeta à l'arrière.

Il avala le dernier bout de baguette.

Puis il sortit de voiture et s'approcha d'un rang de maïs pour uriner.

Entendant un battement d'ailes au-dessus de lui, doux frôlement de plumes et d'air chaud dans le silence, il leva les yeux.

Comme à un signal convenu, la buse fondit sur lui.

Il dressa ses deux bras pour protéger sa tête.

---

1. La mère du narrateur-personnage croit en la présence d'anges gardiens et cherche à persuader son fils de leur existence.
2. Pesamment : avec lourdeur, pesanteur

La buse remonta juste avant de le toucher.

Elle poussa un unique criaillement[1] plein de colère.

Rudy se précipita dans la voiture, quitta le chemin en marche arrière, reprit la route à petite vitesse.

Alors qu'il s'était senti prêt, ayant fini son repas, à rentrer à la maison pour y retrouver Fanta, il prit sciemment[2] la direction opposée, glacé de peur et de dépit[3].

L'idée l'effleura que l'oiseau avait pu vouloir lui signifier précisément qu'il devait revenir chez lui en toute hâte mais il la rejeta, intimement persuadé que la buse furieuse souhaitait au contraire lui interdire de reparaître.

Il sentait le sang battre à ses tempes.

– À quoi bon, à quoi bon, Fanta, marmonnait-il.

Car n'était-il pas, en un sens, à présent plus digne d'être aimé que ce matin-là seulement ?

Et ne pouvait-elle, cela, de la position suprême où elle se tenait et capable de lancer vers lui les attaques d'un oiseau acquis à sa cause, ne pouvait-elle le comprendre ?

De même qu'il ne proférerait plus jamais certains mots absurdes et cruels que seule la colère lui faisait cracher, de même qu'il ne serait plus la proie de ce type particulier de colère humiliée, impuissante, réconfortante, il n'essaierait plus de la ravir, elle, Fanta, à l'aide de phrases séductrices et fausses, puisque aussi bien les propos qu'il lui avait tenus dans l'appartement du Plateau[4] n'avaient pas cherché à atteindre quelque vérité que ce fût mais uniquement à l'entraîner en France avec lui, au risque (il n'y songeait pas alors, s'en moquait presque) de sa chute à elle, de l'effondrement de ses plus légitimes ambitions.

Marie NDiaye, *Trois femmes puissantes* [2009], II, Gallimard, « Folio », 2011.

1. **Criaillement** : cri aigu.
2. **Sciemment** : volontairement.
3. **Dépit** : déception, amertume.
4. Référence à une période heureuse, quand Fanta et Rudy vivaient au Sénégal.

Groupement 2

La figure du migrant dans la littérature contemporaine

Dans la lignée de Marie NDiaye, avec le récit de Khady Demba dans *Trois femmes puissantes* (2009), les romanciers contemporains sont de plus en plus nombreux à se pencher sur le destin des migrants. En leur donnant chair, en retraçant leur passé, en montrant toute leur humanité, les écrivains contribuent ainsi à redonner à ces figures d'exilés une forme de visibilité durable, loin du traitement que les médias peuvent leur réserver. Les textes réunis dans ce groupement traitent la question de la migration et de l'exil en évoquant un voyage sans retour et sans certitude d'arriver à bon port. Le personnage du migrant y apparaît bien souvent comme un être isolé, vulnérable, brisé par les difficultés de l'errance, contraint de faire face à de multiples dangers pendant son long parcours. Pour lui, la traversée des pays, le passage des frontières pour atteindre un hypothétique eldorado s'apparentent bien souvent à une véritable odyssée. Certains de ces textes mentionnent une traversée périlleuse, pendant laquelle les exilés luttent à armes inégales contre une mer capricieuse et redoutable. C'est le cas des textes de Nathacha Appanah (texte 5), de Maylis de Kerangal (texte 4), de Stéphanie Coste (texte 7), et de la planche extraite du roman graphique de Fabien Toulmé (texte 8). Tahar Ben Jelloun illustrant le voyage aller (texte 1) et le chanteur Abd al Malik illustrant le voyage retour (texte 2) mettent en scène une jeunesse qui voit dans le franchissement pourtant risqué de la Méditerranée la possibilité d'une renaissance. Mathias Énard (texte 3) aborde de manière plus directe dans son roman la question de la mort en associant indirectement la Méditerranée à un immense cimetière. Alice Zeniter (texte 6) rend hommage dans son roman aux harkis, et confère une dignité tardive à ces populations déplacées en célébrant « une histoire sans héros ».

Tahar Ben Jelloun, *Partir*

Tahar Ben Jelloun est un écrivain franco-marocain né au Maroc en 1947. Le titre de son roman suggère l'urgence de la jeunesse à quitter un Maroc qui ne lui offre aucune perspective. Prêts à tout pour atteindre l'Europe, Azel, Malika et les autres personnages se projettent dans cette vie rêvée en regardant les côtes de l'Espagne, visibles par beau temps depuis le port de Tanger.

Comme dans un rêve absurde et persistant, Azel[1] voit son corps mi-mêlé[2] à d'autres corps nus gonflés par l'eau de mer, le visage déformé par l'attente et le sel, la peau roussie par le soleil, ouverte au niveau des bras comme si une bagarre avait précédé le naufrage. Il le voit de plus en plus distinctement dans une barque peinte en blanc et en bleu, une barque de pêcheur s'éloignant avec une lenteur démesurée vers le milieu de la mer, car Azel a décidé que la mer qu'il voit face à lui a un centre et ce centre est un cercle vert, un cimetière où le courant s'empare des cadavres pour les mener au fond, les déposer sur un banc d'algues. Il sait que là, dans ce cercle précis, existe une frontière mobile, une sorte de ligne de séparation entre deux eaux, celles calmes et plates de la Méditerranée et celles véhémentes[3] et fortes de l'Atlantique. Il se bouche le nez car, à force de fixer ces images, il a fini par sentir l'odeur de la mort, une odeur suffocante qui rôde, lui donnant la nausée. Quand il ferme les yeux, la mort se met à danser autour de la table où il a l'habitude de s'installer tous les jours pour regarder le coucher de soleil et compter les premières lumières espagnoles qui scintillent en face, sur les côtes espagnoles.

Ses amis le rejoignent et jouent aux cartes sans dire un mot. Même si certains sont aussi obsédés que lui par l'idée de partir un jour du pays, ils savent, pour l'avoir entendu une nuit à travers

1. Diminutif de Az El Arab.
2. **Mi-mêlé** : en partie emmêlé.
3. **Véhémentes** : énergiques, violentes.

la voix de « Toutia[1] », qu'ils ne devraient pas se perdre dans des images propageant la douleur.

Il ne dit pas un mot sur son projet ni sur son rêve. On le sent crispé, malheureux, et on le dit ensorcelé par l'amour d'une femme marié. On lui attribue des aventures avec des étrangères, on le soupçonne de les fréquenter dans le but qu'elles le sortent du Maroc.

Il nie évidemment et préfère en rire. Mais l'idée de prendre le large, d'enfourcher[2] un cheval peint en vert et d'enjamber la mer du détroit, cette idée de devenir une ombre transparente, visible le jour seulement, une image voguant sur les flots à toute vitesse, ne le quitte plus. Il la garde pour lui, n'en parle pas à sa sœur Kenza et encore moins à sa mère, qui s'inquiète de le voir perdre du poids et fumer trop.

Lui aussi a fini par croire à l'histoire de celle qui doit apparaître et les faire traverser un par un cette distance qui les sépare de la vie, la belle vie, ou la mort.

Tahar Ben Jelloun, *Partir* [2006], Gallimard, « Folio », 2007.

Groupements de textes

Abd al Malik, « Gibraltar »

Texte slamé, *Gibraltar* est également le nom du deuxième album d'Abd al Malik (né en 1975), primé aux Victoires de la musique en 2007. Ici, on pourrait penser que le chanteur décrit les espoirs d'un jeune migrant sur le point de franchir le détroit de Gibraltar. Mais cette chanson se révèle polysémique.

Sur le détroit de Gibraltar[3], y'a un jeune noir qui pleure un rêve qui prendra vie, une fois passé Gibraltar.

---

1. « Toutia » est le titre du premier chapitre du roman et le nom donné par les personnages à la mer qui les sépare de l'Europe, « un mot qui ne veut rien dire mais entre eux, ils savent que c'est l'araignée tantôt dévoreuse de chair humaine, tantôt bienfaitrice… ».

2. Enfourcher : monter.

3. Détroit de Gibraltar : étroit passage maritime qui relie la Méditerranée à l'Atlantique, entre le sud de l'Espagne et le nord du Maroc.

Sur le détroit de Gibraltar, y'a un jeune noir qui se d'mande si l'histoire le retiendra comme celui qui portait le nom de cette montagne.

Sur le détroit de Gibraltar, y'a un jeune noir qui meurt sa vie bête de « gangsta rappeur » mais…

Sur le détroit de Gibraltar, y'a un jeune homme qui va naître, qui va être celui qu'les tours empêchaient d'être.

Sur le détroit de Gibraltar, y'a un jeune noir qui boit, dans ce bar où les espoirs se bousculent, une simple canette de Fanta.

Il cherche comme un chien sans collier le foyer qu'il n'a en fait jamais eu, et se dit que p't-être, bientôt, il ne cherchera plus.

Et ça rit autour de lui, et ça pleure au fond de lui.

Faut rien dire et tout est dit, et soudain… soudain il s'fait derviche tourneur[1],

Il danse sur le bar, il danse, il n'a plus peur, enfin il hurle comme un fakir[2], de la vie devient disciple.

Sur le détroit de Gibraltar y'a un jeune noir qui prend vie, qui chante, dit enfin « je t'aime » à cette vie.

Puis les autres le sentent, le suivent, ils veulent être or puisqu'ils sont cuivre.

Comme ce soleil qui danse, ils veulent se gorger[3] d'étoiles, et déchirer à leur tour cette peur qui les voile.

Sur le détroit de Gibraltar, y'a un jeune noir qui n'est plus esclave, qui crie comme les braves, même la mort n'est plus entrave[4].

Il appelle au courage celles et ceux qui n'ont plus confiance, il dit : « ramons tous à la même cadence !!! ».

Dans le bar, y'a un pianiste et le piano est sur les genoux, le jeune noir tape des mains, hurle comme un fou.

---

1. **Derviche tourneur** : membre de la communauté soufie, branche de l'islam, qui atteint un état de transe en dansant sur lui-même.
2. **Fakir** : personne appartenant à une confrérie religieuse et pratiquant des exercices physiques difficiles, des tours qui semblent extraordinaires, pour prouver son insensibilité physique.
3. **Se gorger** : se remplir, déborder de quelque chose.
4. **Entrave** : chaîne, lien, obstacle.

Fallait qu'elle sorte cette haine sourde[1] qui le tenait en laisse, qui le démontait pièce par pièce.

Sur le détroit de Gibraltar, y'a un jeune noir qui enfin voit la lune le pointer du doigt et le soleil le prendre dans ses bras.

Maintenant il pleure de joie, souffle et se rassoit.

Désormais l'Amour seul, sur lui a des droits.

Sur le détroit de Gibraltar, un jeune noir prend ses valises, sort du piano-bar et change ses quelques devises,

Encore gros d'émotion il regarde derrière lui et embarque sur le bateau.

Il n'est pas réellement tard, le soleil est encore haut.

Du détroit de Gibraltar, un jeune noir vogue, vogue vers le Maroc tout proche.

Vogue vers ce Maroc qui fera de lui un homme…

Sur le détroit de Gibraltar… sur le détroit de Gibraltar…

Vogue, vogue vers le merveilleux royaume du Maroc,

Sur le détroit de Gibraltar, vogue, vogue vers le merveilleux royaume du Maroc…

Abd al Malik, « Gibraltar », 2006.

Groupements de textes

Mathias Énard, *Rue des voleurs*

Mathias Énard (né en 1972) est un écrivain et traducteur français, spécialiste du Moyen-Orient où il a fait de longs séjours. Lakhdar, jeune Tangérois d'à peine dix-huit ans, a été chassé de son foyer par ses parents pour avoir été surpris nu en compagnie de sa cousine Meryem. Astucieux, vif, et instruit, le jeune homme va de petit boulot en petit boulot, voyage, et assiste à l'éclosion des printemps arabes, avant de réussir à atteindre l'Espagne. Là, vivant dans la clandestinité, il rencontre Marcelo Cruz, entrepreneur de pompes funèbres d'un genre très particulier, qui l'embauche pour un salaire misérable. Lakhdar se voit chargé de s'occuper des migrants noyés récupérés en Méditerranée.

1. **Sourde** : latente, souterraine.

Dix-sept. C'est un petit nombre gigantesque. On ne se rend pas compte, en entendant, à la radio ou à la télévision, le nombre de cadavres laissés par telle ou telle catastrophe ce que représentent dix-sept corps. On se dit ah, dix-sept, ce n'est pas beaucoup, parlez-moi de mille, de deux mille, de trois mille macchabées[1], mais dix-sept, dix-sept ce n'est rien d'extraordinaire, et pourtant, et pourtant, c'est une quantité énorme de vie disparue, de viande crevée, c'est encombrant, dans la mémoire comme dans la chambre froide, ce sont dix-sept visages et plus d'une tonne de chair et d'os, des dizaines d'heures d'existence, des milliards de souvenirs disparus, des centaines de personnes touchées par le deuil, entre Tanger et Mombassa[2].

J'ai enveloppé un par un ces types dans leurs linceuls[3], en pleurant ; la plupart étaient jeunes, de mon âge, voire moins ; certains avaient les membres brisés ou des ecchymoses[4] sur le visage. La grande majorité paraissait arabe. Parmi ces corps se trouvait celui d'une fille. Elle s'était tatoué au henné un numéro de téléphone sur le bras, un numéro marocain. Elle avait les cheveux longs, très noirs, le visage gris. J'étais gêné ; je ne voulais pas entrevoir ses seins, son sexe ; normalement je n'aurais pas dû la mettre en bière[5] moi-même, c'était une femme qui aurait dû s'en occuper. J'avais peur de mon propre regard sur ce corps féminin ; j'imaginais Meryem morte – c'était elle que je mettais en bière, elle que j'enterrais enfin, seul dans la nuit de mes cauchemars, j'ai imaginé la police appeler à ce numéro de téléphone tatoué, une mère ou un frère décrocher, une voix presque mécanique les informer, en répétant très fort pour être compris, de la fin de leur sœur, de leur fille, tout comme le téléphone avait dû retentir chez mon oncle, un jour, pour annoncer cette terrible nouvelle, comme il sonnera un jour aussi pour

---

1. **Macchabées** : cadavres.
2. Tanger est une ville portuaire au nord du Maroc, c'est un lieu stratégique entre l'Afrique et l'Europe ; Mombassa, ou Mombasa, est le principal port du Kenya, sur l'océan Indien.
3. **Linceuls** : draps servant à ensevelir les morts.
4. **Ecchymoses** : bleus, contusions, hématomes.
5. **Mettre en bière** : placer un corps dans un cercueil.

nous, les uns après les autres, et tendrement, fraternellement, j'ai disposé cette inconnue dans son sarcophage[1] de métal avec honte et précaution.

Mathias Énard, *Rue des voleurs* [2012], Actes Sud, « Babel », 2014.

Maylis de Kerangal, *À ce stade de la nuit*

➡ **Voir commentaire, p. 127-128**

Maylis de Kerangal (née en 1967) est une romancière française dont le roman le plus célèbre, *Réparer les vivants* (2014), a obtenu de nombreux prix. *À ce stade de la nuit* propose une réflexion sur l'île de Lampedusa, située entre Malte et Tunis. Le seul nom de cette île évoque désormais les naufrages de migrants en mer. Dans l'extrait qui suit, la narratrice tente de reconstituer, à partir d'un flash d'informations entendu à la radio en pleine nuit, le terrible naufrage d'une embarcation de migrants en 2013.

Heures nocturnes, lumière qui perle[2] au bout des cils, fatigue extralucide[3], vitesse de la pensée : l'évènement cristallise[4] doucement, il instaure une scène qui se précise, tranchée, épouvantablement nette. J'ai distingué le sillage[5] du rafiot[6] sur la mer, sa trace mouvante à la surface de l'eau, l'incise[7], blanche puis pâle, dont la forme désignait une direction et une vitesse ; j'ai vu l'embarcation, un bateau de travail badigeonné[8] de bleu et de jaune, un calfatage[9] sommaire, les pièces de métal piquées[10]

---

1. **Sarcophage** : cercueil.
2. **Perle** : apparaît, dégouline.
3. **Extralucide** : qui a la capacité de deviner ce que les autres hommes ne savent pas.
4. **Cristallise** : se solidifie, se fixe.
5. **Sillage** : trace qu'un navire laisse derrière lui à la surface de l'eau.
6. **Rafiot** : bateau vieux ou en mauvais état.
7. **Incise** : inscription, terme renvoyant ici à la trace écumante laissée par l'embarcation.
8. **Badigeonné** : couvert d'une peinture qui en dissimule les défauts, peint grossièrement.
9. **Calfatage** : tout ce qui est censé rendre étanche un navire.
10. **Piquées** : constellées de petits trous ressemblant à des piqûres.

de rouille, les vitres brouillées de sel et de projections séchées; j'ai reconnu une cargaison humaine dans ce volume sombre, grelottant – aube sur la mer en octobre, humidité qui perle, vêtements imbibés de poisse marine, tièdes et glacés –; dans cette masse indistincte enflée dans les coursives[1] étroites, sur les ponts, dans ce compactage de corps gris où seules bougeaient les têtes – elles dodelinaient[2], certains dormant debout, d'autres inclinant le menton sur la poitrine, sur l'épaule consentante d'un voisin –; j'ai distingué des yeux – légèrement globuleux, le blanc glaireux[3] de l'œuf, bleuté, la pupille dilatée – et à partir d'eux, j'ai recomposé des visages possibles, des visages aux bouches fermées – la terreur, la fatigue, l'abrutissement –; j'ai écouté le bruit des moteurs, ce bourdonnement régulier mélangé à celui de la mer, fluide contre l'étrave[4], à celui de la radio du bord, j'ai senti l'essence – des auréoles noires et scintillantes qui prismaient[5] les couleurs de l'arc-en-ciel. Soudain tout s'est déréglé, la rumeur s'est disloquée, un crachotement, un étouffement, et, quelques centaines de mètres plus loin, le bateau n'avançait plus, flottait, porté par le flux de la mer, par l'inertie des eaux, il dérivait; j'ai contenu le chalutier dans mon regard jusqu'à ce que les remous s'atténuent à la poupe[6], se dissolvent progressivement dans le bleu de la mer – l'azur vertical – jusqu'à ce que la fin du mouvement signe la fin de tout.

Maylis de Kerangal, *À ce stade de la nuit*,

Nathacha Appanah, *Tropique de la violence*

Nathacha Appanah (née en 1973) est une écrivaine française née à l'île Maurice. Elle choisit les paysages apparemment paradisiaques de l'île de Mayotte qui abritent une réalité bien plus sombre : des milliers de

1. **Coursives** : galeries étroites permettant de circuler le long d'un navire.
2. **Dodelinaient** : se balançaient involontairement.
3. **Glaireux** : visqueux, qui a l'aspect des glaires.
4. **Étrave** : avant, proue d'un bateau.
5. **Prismaient** : formaient un prisme (néologisme).
6. **Poupe** : arrière d'un navire.

migrants venus des Comores tentent en effet chaque année d'atteindre les côtes de ce département d'outre-mer français, situé dans l'océan Indien. Une fois à Mayotte, faute de structure d'accueil suffisante, ces personnes sombrent souvent dans la délinquance, la drogue, et la misère. Dans le récit qui suit, la narratrice, infirmière à Mayotte, ne parvient pas à faire preuve d'empathie envers ces migrants, tant elle est la proie du chagrin et de l'amertume depuis que son petit ami, Cham, l'a quittée.

Le téléphone sonne et on m'annonce que les pompiers ont réceptionné deux kwassas[1] sanitaires. Je pose mon livre, je prends une grande inspiration. Ce sont eux que je crains le plus. Les kwassas sanitaires transportent des malades, des vieux, des femmes enceintes, des enfants handicapés, des blessés graves, des fous, des brûlés. Ils font la traversée entre Anjouan et Mayotte[2] pour se faire soigner. J'ai vu des femmes avec des cancers tellement avancés qu'ils n'existent plus, en métropole, que dans les livres de médecine. J'ai vu des grands brûlés à la peau toute pourrie, des bébés morts depuis plusieurs jours mais toujours dans les bras de leurs mères, des hommes aux jambes sectionnées par les requins.

J'ai bientôt trente-trois ans, je ferme mon livre et peut-être que ce soir-là, j'oublie de fermer mon cœur. Quand je descends à l'accueil, il y a déjà une dizaine de personnes, toutes trempées jusqu'aux os. Plusieurs femmes très enceintes, une vieille unijambiste[3], un adolescent qui sautille sur place en s'accrochant à un pompier et elle, une très belle jeune fille avec un bébé dans les bras. Je la remarque tout de suite, elle a seize ou dix-sept ans, elle a l'air en bonne santé, son regard est celui d'une bête effrayée, il passe de droite à gauche, de gauche à droite sans jamais s'arrêter. Les pompiers conduisent les femmes à la maternité et, pour une fois, je ne pense à rien, je ne leur souhaite pas du malheur.

---

1. **Kwassas** : dans l'archipel des Comores, les kawassas-kwassas (ou kwasas-kwasas) désignent des pirogues légères, rapides et potentiellement instables. Ces embarcations, inadaptées au transport des hommes, sont pourtant utilisées par les passeurs pour faire traverser les soixante-dix kilomètres qui séparent Anjouan de Mayotte.
2. Anjouan est l'île la plus peuplée de l'archipel des Comores, dans l'océan Indien.
3. **Unijambiste** : personne qui n'a plus qu'une jambe.

Groupements de textes

Le pompier auquel s'accroche l'adolescent vient vers moi et me dit *Il est fou.* Le jeune homme se met alors à rire et ça me rappelle le rire de Cham. Quelque chose de fort et de doux et de contagieux. Je lui indique l'étage de la psychiatrie. Le garçon continue de s'esclaffer et son rire se mêle au bruit de la pluie. Le pompier me demande de m'occuper des autres en attendant l'arrivée des policiers. Il s'éloigne rapidement mais j'entends longtemps les éclats de rire du jeune homme.

Nathacha Appanah, *Tropique de la violence* [2016], Gallimard, « Folio », 2018.

Alice Zeniter, *L'Art de perdre*

« Quand on est réduit à chercher sur Wikipédia des renseignements sur un pays dont on est censé être originaire, c'est peut-être qu'il y a un problème. » Telles sont les réflexions que se fait la jeune Naïma, qui part en quête de son histoire familiale, dont elle ne sait finalement presque rien. Prix Goncourt des lycéens en 2017, le roman d'Alice Zeniter (née en 1986) retrace le destin d'une famille entre l'Algérie et la France, de 1930 à nos jours. La narratrice évoque ici l'arrivée des harkis, soldats indigènes engagés dans l'armée française pendant la guerre d'Algérie, et rapatriés en France en 1962 car leur vie était menacée.

Je ne sais plus comment commence l'*Énéide*[1], quelles sont les premières aventures que connaissent Énée et ses compagnons lorsqu'ils quittent Troie – ou plutôt l'endroit où Troie se tint par le passé et dont il ne reste que des ruines, l'odeur du sang et celle de la fumée. Je me souviens uniquement du premier vers que j'ai traduit en version latine, il y a plus de dix ans désormais : *Arma virumque cano*… Je chante les armes et le héros. Je suppose que venait ensuite une proposition relative, « le héros qui… », grâce à laquelle se déroulait toute l'histoire mais ma mémoire n'a conservé que ces trois mots. Malgré le silence qu'est devenu

---

1. *L'Énéide* est une épopée écrite en vers par le poète romain Virgile (70-19 av. J.-C.). Elle retrace le départ d'Énée, qui quitte Troie pour se rendre dans le Latium et fonder l'Empire romain.

ce long poème brodé de péripéties, il est évident qu'à la fin de sa pénible errance, Énée arrive dans le Latium[1] et que sa descendance y fondera Rome.

Entre le moment où Ali pose le pied en France, au mois de septembre 1962, et celui auquel Naïma réalise qu'elle ne connaît pas le récit de sa famille mieux que je ne me rappelle l'*Énéide*, qu'advient-il ? Une histoire sans héros, peut-être. Une histoire– en tout cas – qui n'a jamais été chantée. Elle commence dans un carré de toile[2] et de barbelés.

Le camp Joffre – appelé aussi camp de Rivesaltes[3] – où, après les longs jours d'un voyage sans sommeil, arrivent Ali, Yema et leurs trois enfants est un enclos plein de fantômes: ceux des républicains espagnols qui ont fui Franco[4] pour se retrouver parqués ici, ceux des Juifs et des Tziganes que Vichy a raflés dans la zone libre[5], ceux de quelques prisonniers de guerre d'origine diverse que la dysenterie ou le typhus[6] ont fauchés[7] loin de la ligne de front. C'est, depuis sa création trente ans plus tôt, un lieu où l'on enferme ceux dont on ne sait que faire en attendant, officiellement, de trouver une solution, en espérant, officieusement, pouvoir les oublier jusqu'à ce qu'ils disparaissent d'eux-mêmes. C'est un lieu pour les hommes qui n'ont pas d'Histoire car aucune des nations qui pourraient leur en offrir une ne veut les y intégrer. Ou bien un lieu pour ceux auxquels deux Histoires prêtent des statuts contradictoires comme c'est le cas des milliers d'hommes, de femmes et d'enfants qu'on y accueille à partir de l'été 1962.

L'Algérie les appellera des rats. Des traîtres. Des chiens. Des terroristes. Des apostats[8]. Des bandits. Des impurs. La France ne les appellera pas, ou si peu. La France se coud la bouche

---

1. **Latium**: région du centre de l'Italie où se trouve Rome.
2. **Carré de toile**: terme désignant l'usage de tentes.
3. **Rivesaltes**: commune située dans les Pyrénées-Orientales.
4. **Francisco Franco** (1892-1975): militaire qui instaura une dictature en Espagne pendant près de quarante ans.
5. **Zone libre**: pendant la Seconde Guerre mondiale, partie de la France non occupée par les Allemands, après l'armistice du 22 juin 1940.
6. La dysenterie et le typhus sont des maladies liées aux temps de guerre.
7. **Fauchés**: abattus.
8. **Apostats**: personnes qui renient une opinion, qui abandonnent une croyance, un parti.

en entourant de barbelés les camps d'accueil. Peut-être vaut-il mieux qu'on ne les appelle pas. Aucun nom proposé ne peut les désigner. Ils glissent sur eux sans parvenir à en dire quoi que ce soit. Rapatriés ? Le pays où ils débarquent, beaucoup ne l'ont jamais vu, comment alors prétendre qu'ils y retournent, qu'ils rentrent à la maison ? Et puis, ce nom ne les différencierait pas des pieds-noirs[1] qui exigent qu'on les sépare de cette masse bronzée et crépue. Français musulmans ? C'est nier qu'il existe des athées et même quelques chrétiens parmi eux et ça ne dit rien de leur histoire. Harkis ?... Curieusement, c'est le nom qui leur reste. Et il est étrange de penser qu'un mot qui, au départ, désigne le mouvement (*harka*) se fige ici, à la mauvaise place et semble-t-il pour toujours.

Alice Zeniter, *L'Art de perdre* [2017], Flammarion, « J'ai lu », 2019.

Stéphanie Coste, *Le Passeur*

➡ **Voir explication linéaire, p. 140-142**

Stéphanie Coste, qui a passé son enfance en Afrique, publie son premier roman en 2021. Celui-ci s'ouvre sur une page du journal de Seyoum, originaire d'Érythrée, passeur féroce et désabusé, qui, en échange de coquettes sommes d'argent, consent à faire traverser la mer à des migrants originaires d'Afrique de l'Est depuis la Libye. Sans pitié à l'égard de ces personnes épuisées et moralement à bout, le passeur évoque ici le trafic juteux auquel il se livre et l'impact des récents naufrages sur son commerce.

Zouara, Libye, 15 octobre 2015

J'ai fait de l'espoir mon fonds de commerce. Tant qu'il y aura des désespérés, ma plage verra débarquer des poules aux œufs d'or. Des poules assez débiles pour rêver de jours meilleurs sur la rive d'en face.

---

1. **Pieds-noirs** : surnom donné aux rapatriés d'Algérie d'origine européenne.

Le nombre d'arrivées de Khartoum et Mogadiscio[1] la semaine dernière m'a surpris. Je n'avais pas prévu qu'ils seraient tant à résister au Sahara. En général je fais un bon calcul avec les rabatteurs[2]; s'il en part cent cinquante de Somalie et d'ailleurs, à peine les deux tiers parviendront en Libye. Ils ne pourront éviter la traversée du désert, la mort assise sur leur cou comme une enclume[3]. Il en meurt plus dans la fournaise[4] des mirages qu'en mer en temps normal. La rage de survivre leur donne de plus en plus la gnaque[5].

Andarg doit en livrer une soixantaine de plus d'Érythrée[6] aujourd'hui ou demain. Les Soudanais et les Somaliens sont déjà trop nombreux par rapport à la capacité du bateau. J'ai été trop gourmand, je le sais.

J'ai voulu m'en mettre plein les poches pour la dernière traversée de la saison. Les croisières Seyoum ferment leurs portes pour l'hiver, allez vous faire voir. Voilà ce que je me suis dit. Cette négligence[7] finira par nuire à ma réputation. Une réputation construite en dix ans de boulot et de trahisons diverses. La concurrence se moque de moi comme de ses responsabilités. Du coup les fiascos[8] se sont enchaînés de Tripoli jusqu'à Zouara[9] et ça commence à se savoir. La côte est devenue un dépotoir d'ordures pas tout à fait ordinaires. Le bouche-à-oreille a enflé dans le vent des récents naufrages. Et du Soudan jusqu'à la Somalie il a semé une graine de doute. Pour l'instant,

Groupements de textes

---

1. Khartoum est la capitale du Soudan, Mogadiscio est la capitale de la Somalie, deux pays frontaliers et rivaux de la Corne de l'Afrique.

2. **Rabatteurs**: intermédiaires qui travaillent au sein de filières clandestines en fournissant aux migrants de faux papiers, ou en les acheminant vers les côtes.

3. **Enclume**: masse en métal sur laquelle on frappe avec un marteau pour forger des métaux.

4. **Fournaise**: fourneau; métaphoriquement, lieu dans lequel la chaleur est extrêmement élevée.

5. **Gnaque**: (ou niaque) combativité, résistance.

6. **Érythrée**: petit État bordé par la mer Rouge et situé dans la Corne de l'Afrique, indépendant de l'Éthiopie depuis 1993.

7. **Négligence**: relâchement, laisser-aller.

8. **Fiascos**: ratages, échecs.

9. Tripoli est la capitale de la Libye, située sur la Méditerranée, Zouara est une ville portuaire de Libye, peu éloignée de la frontière tunisienne.

les candidats au mirage de l'Italie affluent toujours. Mais il va falloir faire gaffe.

– Seyoum ! Seyoum !

Ibrahim m'a fait sursauter. Mes mains tremblent. Un tic récent fait claquer ma mâchoire. J'ai encore brouté trop de khat[1] hier soir, j'ai augmenté les doses, la botte quotidienne ne suffisait plus. J'ai presque tout fini. Heureusement Andarg a refait le plein en Éthiopie en attendant la livraison des Érythréens à la frontière. En pensant au goût amer des feuilles, je salive comme un animal attendant sa pitance[2]. Je passe de plus en plus de temps derrière mon cabanon[3]. Ces dérives me laissent apathique[4] et pourtant prêt à mordre.

Stéphanie Coste, *Le Passeur*, Gallimard, 2021.

Fabien Toulmé, *L'Odyssée d'Hakim*

Dans ce roman graphique en trois tomes, Fabien Toulmé (né en 1980) raconte l'histoire vraie d'Hakim, un Syrien contraint d'abandonner son pays, sa famille, ses proches, son entreprise, pour partir sur les routes de l'exil. Le dessinateur évoque l'interminable périple d'Hakim, qui finira par rejoindre la France. Dans le tome 2, le protagoniste est devenu le père d'un petit garçon qu'il a emmené avec lui en Turquie, pour essayer de rejoindre la Grèce, prenant ainsi des risques considérables. Sur cette planche, on le découvre en train de préparer sa traversée vers les rives de l'Europe.

1. Khat : substance psychotrope contenue dans les feuilles d'un arbuste, dont les effets sont proches de ceux d'un stupéfiant comme l'amphétamine.
2. Pitance : ration de nourriture.
3. Cabanon : maisonnette ou cabane généralement utilisée pour les vacances.
4. Apathique : léthargique, indifférent.

Fabien Toulmé, *L'Odyssée d'Hakim. De la Turquie à la Grèce*, tome 2, © Delcourt, 2019.

Questions sur les groupements de textes

L'inquiétante étrangeté dans *Trois femmes puissantes*

1. Comment les relations (parentales, conjugales) au sein de la famille sont-elles dépeintes dans ces textes ?

2. Quel usage la romancière fait-elle des animaux dans ces extraits ?

3. Comparez le personnage de Fanta tel qu'il est présenté dans le 4e extrait de ce groupement de textes au personnage de Khady Demba.

La figure du migrant dans la littérature contemporaine

1. Regardez la vidéo suivante sur « la représentation et le vocabulaire de l'immigration » et dites pourquoi la migration est souvent associée à l'eau :
https://www.histoire-immigration.fr/ressources/musee-numerique/histoires-de-voir

Dans les extraits proposés, à quoi la mer Méditerranée est-elle associée ? Relevez les images permettant de la désigner et de la dépeindre.

2. Quels points communs pouvez-vous mettre en évidence dans la façon dont les migrants sont représentés dans ce corpus ?

3. Comment Maylis de Kerangal et Alice Zeniter tentent de rendre hommage à des personnages qui n'avaient jusque-là pas leur place dans la mémoire collective ?

4. Rapprochez l'extrait du *Passeur* et la planche issue du roman graphique *L'Odyssée d'Hakim*. Qu'observez-vous dans la manière dont sont traités les personnages qui tentent de s'exiler ?

Vers l'oral du Bac

Marie NDiaye, *Trois femmes puissantes*, Fanta, p. 119-120, l. 1 à 37

→ *En quoi l'attaque de la buse peut-elle être perçue comme une forme de châtiment cruel et injuste ?*

Conseils pour la lecture à voix haute

– Vérifiez la manière dont se prononce l'adverbe « sciemment » (l. 15).
– Rendez compte de la panique qui s'empare de Rudy dans ce passage en mettant le ton et en insufflant du rythme à votre lecture.
– Essayez de faire entendre les parenthèses à la fin de l'extrait.

Explication linéaire du texte

Introduction

Dans *La Mort aux trousses* (1959), l'un des films d'Alfred Hitchcock, le protagoniste attend, en rase campagne, un improbable rendez-vous sous un soleil aveuglant, et se retrouve poursuivi par un avion qui cherche à le tuer. Notre passage, extrait du deuxième récit de *Trois femmes puissantes*, n'est pas sans rappeler cette fameuse séquence cinématographique, dont il pourrait constituer une parodie littéraire. Dans ce deuxième récit, le lecteur découvre la longue complainte de Rudy Descas, ancien professeur expulsé du lycée de Colobane, au Sénégal, où il a rencontré sa femme, Fanta, une brillante enseignante. Installé dans le sud de la France avec son fils et sa femme, désormais sans emploi, Rudy y occupe un poste médiocre. Le matin même, le protagoniste, amer et frustré, a tenu à Fanta des propos révoltants. Notre extrait met en scène une deuxième attaque de buse, au moment où Rudy termine son repas, alors qu'il a déjà eu à subir un assaut inexplicable de cet animal quand il était au volant de sa voiture. Nous allons nous demander dans quelle mesure l'attaque de la buse est perçue comme une forme de châtiment injuste aux yeux de Rudy. Il conviendra en premier lieu de nous pencher sur l'irruption inattendue de la buse qui participe d'un scénario digne d'un film d'épouvante. Nous étudierons ensuite l'hypothèse selon laquelle la buse est un émissaire de la vengeance de Fanta. Nous explorerons enfin les promesses vaines de Rudy, mari rongé par la culpabilité.

■ *Explication guidée*

I. Lignes 1 à 13 : L'irruption inattendue de la buse, un scénario digne d'un film d'épouvante

a. Dans quel cadre spatio-temporel se déroule l'attaque de la buse ? En quoi cela confère-t-il une dimension improbable à cette apparition ?

b. Dans quelle posture se trouve Rudy Descas au moment où l'oiseau l'assaille ? Comment pouvez-vous interpréter ce détail ?

c. Quels éléments précis du texte apparentent cet extrait à une scène d'action ?

d. Relevez, dans la description de l'oiseau, ce qui pourrait faire penser qu'il est animé d'une intention malveillante, voire perverse.

II. Lignes 14 à 27 : L'oiseau, émissaire de la vengeance de Fanta ?

a. Quels termes indiquent que la manière dont Rudy interprète ce qui vient de lui arriver relève du fantasme, de l'irrationnel ?

b. Quels détails du texte témoignent du fait que le personnage, en proie à une forme de paranoïa, décroche du réel ?

c. Comment l'image de Fanta évolue-t-elle et se modifie-t-elle dans l'esprit du personnage ?

III. Lignes 28 à 37 : Les promesses vaines d'un mari rongé par la culpabilité

a. Repérez et étudiez les formes de la négation présentes dans la dernière phrase du passage. Que mettent en lumière ces négations répétées chez Rudy Descas ?

b. Quels termes et quels procédés font entendre la culpabilité dévorante de Rudy à l'égard de son épouse ?

c. Analysez l'énumération « colère humiliée, impuissante, réconfortante ». De quoi témoigne-t-elle chez le protagoniste ?

d. Commentez l'emploi du verbe « ravir » dans la dernière phrase de l'extrait et les diverses connotations rattachées à ce terme. Quel éclairage jette-t-il sur Rudy ?

Conclusion

Dans ce passage qui oscille entre le grotesque et l'horreur, le protagoniste perçoit l'attaque de l'oiseau comme un châtiment injuste et cruel. Nous avons analysé en quoi l'irruption soudaine de la buse rappelait le scénario d'un film d'épouvante, avant de nous attacher à l'hypothèse selon laquelle cette attaque surnaturelle correspondait, dans l'esprit de Rudy, à une nouvelle manifestation de la vengeance de son épouse, Fanta. Le monologue intérieur, sur lequel se clôt le passage, rend enfin compte des promesses dérisoires d'un époux plein de repentir. Dans la suite du récit, Rudy fait l'objet d'une ultime offensive de la part du volatile acharné, redoutable incarnation de sa mauvaise conscience.

Question de grammaire

Étudiez l'usage des temps et leur valeur dans le dernier paragraphe du passage.

Stéphanie Coste, *Le Passeur*, p. 132-134, l. 1-31

➜ *Comment cet incipit violent suscite-t-il le malaise du lecteur ?*

Conseils pour la lecture à voix haute

– Faites une recherche pour vous assurer de prononcer convenablement les noms propres du texte.
– Mettez le ton tout en faisant entendre l'apparente désinvolture de l'énonciateur.

Explication linéaire du texte

Introduction

Si, ces dernières années, les romanciers contemporains se sont emparés du drame de la migration, c'est le plus souvent pour représenter la trajectoire douloureuse d'un personnage qui, pour fuir la guerre, la pauvreté ou les aléas climatiques, cherche désespérément à rejoindre les rives de l'Europe. Dans *Le Passeur*, un premier roman paru en 2021, Stéphanie Coste adopte non pas le point de vue d'un migrant, mais celui d'un passeur désabusé et brutal qui opère sur les plages de Libye. L'incipit de ce récit court et percutant fait entendre la voix du personnage principal, qui s'étonne de voir arriver des candidats à l'exode de plus en plus nombreux malgré les obstacles. Le passeur y expose une vision mercantile et déshumanisante des migrants. Nous nous demanderons en quoi cet incipit violent malmène le lecteur à travers un discours cynique sur les migrants. Nous étudierons en premier lieu l'aveu dérangeant d'un passeur sans scrupule. Nous analyserons par la suite la réaction choquante du narrateur-personnage face à l'afflux inopiné de migrants. Nous nous intéresserons pour finir aux préoccupations d'un entrepreneur imprudent.

Explication guidée

I. Lignes 1 à 5 : L'aveu dérangeant d'un passeur sans scrupule

a. Quelle réaction la première phrase peut-elle immédiatement susciter chez le lecteur ? Analysez notamment le lien entre « espoir » (l. 1) et « fonds de commerce » (l. 1).

b. Que suppose l'emploi du déterminant possessif « ma » dans « ma plage » (l. 2) ?

c. Quelle image le passeur donne-t-il de lui-même dès les premières lignes ? Justifiez votre réponse.

II. Lignes 6 à 18 : L'exode, un parcours semé d'obstacles pour les migrants

a. Relevez toutes les données chiffrées : quelle vision des migrants cela traduit-il ?

b. Quelles images associent la traversée du Sahara à un enfer pour les candidats à l'exil ?

c. Quel est le registre de langue employé dans ce passage ? Quel est l'effet produit ?

d. Comment les migrants sont-ils ici désignés ? Selon vous, pourquoi le terme « migrants » n'apparaît-il jamais ?

e. En quoi l'expression « J'ai été trop gourmand » (l. 17-18) peut-elle sembler inappropriée ?

III. Lignes 19-31 : Les préoccupations d'un entrepreneur imprudent

a. Pourquoi peut-on parler d'ironie grinçante dans ce texte ?

b. De quoi le passeur est-il soucieux ? En quoi ces préoccupations peuvent-elles paraître révoltantes au regard de la réalité qu'elles recouvrent ?

c. Analysez la phrase « La concurrence se moque de moi comme de ses responsabilités » (l. 24-25) : quelle métaphore file-t-elle ?

d. Quelle réalité est évoquée à travers des euphémismes dans ce dernier paragraphe ? En quoi peut-on parler de déni ?

Conclusion

L'incipit du *Passeur* de Stéphanie Coste fait entendre un discours cynique et obscène sur les migrants pris en charge par le narrateur-personnage. En étudiant l'aveu dérangeant de ce passeur sans scrupule, sa réaction face à l'arrivée imprévue de migrants, puis ses préoccupations économiques, nous avons pu percevoir l'inhumanité cruelle du héros : loin de déplorer le drame humain vécu par les migrants, Seyoum ne les présente qu'à travers le prisme de son commerce lucratif. La noirceur du personnage pourrait du reste en faire un avatar de celui qu'on désignait comme le « méchant » dans les récits traditionnels, incarnation du mal des temps modernes.

Question de grammaire

Identifiez dans les lignes 1 à 10 du texte une proposition subordonnée complétive et précisez à quel mot elle est rattachée.

Vers le Bac

Vers l'oral du Bac

Explications linéaires proposées dans l'ouvrage

Marie NDiaye, *Histoire de Khady Demba. Trois femmes puissantes*

→ Les divagations de Khady Demba, Arrêt sur lecture 1, p. 42-44
→ La seconde naissance de Khady Demba, Arrêt sur lecture 2, p. 80-82
→ Un récit entre la réalité et le rêve, Arrêt sur lecture 2, p. 82-84

Groupements de textes

→ Marie NDiaye, *Trois femmes puissantes*, Fanta, p. 137-139
→ Stéphanie Coste, *Le Passeur*, p. 140-142

Vers l'exposé et l'entretien avec l'examinateur

Lors de la seconde partie de l'épreuve orale, vous devrez présenter **une œuvre au choix, parmi celles étudiées en classe ou proposées en lecture cursive**. Cet exposé sera suivi d'un **entretien avec l'examinateur**.

L'examinateur évaluera vos capacités à **rendre compte de votre connaissance de l'œuvre**, à **partager vos impressions de lecture**, mais aussi à **défendre votre point de vue** en argumentant et en dialoguant et à **témoigner de votre implication personnelle**.

Préparer votre présentation

Choisissez l'œuvre que vous allez présenter en fonction de **vos goûts personnels** : n'oubliez pas que vous devrez **justifier votre choix**, **montrer votre enthousiasme** et partager vos réflexions sur votre expérience de lecture.

Préparez une présentation synthétique en constituant des **fiches de révision** ou un **dossier**. Notez **vos impressions de lecture**, mais aussi vos **analyses et interprétations** de l'œuvre (structure, thèmes, personnages...). Vous pouvez vous appuyer sur vos **activités d'appropriation**.

Élargissez vos connaissances de l'œuvre en faisant quelques **recherches sur l'auteur**, le **contexte historique** et le **mouvement artistique et culturel**.

Témoignez également de **votre culture personnelle** en établissant des **liens avec d'autres œuvres, artistiques, cinématographiques ou littéraires**, pour les comparer au texte que vous aurez choisi.

✔ *Aide*

Si vous avez choisi de présenter *Histoire de Khady Demba. Trois femmes puissantes*, vous pouvez préparer votre présentation en vous aidant des rubriques suivantes :

- ➡ Fiches (p. 96-109)
- ➡ Carnet de lecture (p. 91)
- ➡ Activités d'appropriation (p. 86-87)
- ➡ Prolongements artistiques et culturels (p. 88)

Vers le Bac

■ *Préparer l'entretien avec l'examinateur*

Voici quelques questions que vous pouvez vous poser pour préparer au mieux l'entretien avec l'examinateur :

– Pourquoi avez-vous choisi cette œuvre ? En quoi vous a-t-elle intéressé(e) ?

– Que savez-vous de l'auteur et de la réception de cette œuvre ?

– Quelles émotions avez-vous ressenties à la lecture ou quelles réactions la lecture de cette œuvre a-t-elle suscitées chez vous ?

– À quoi vous attendiez-vous avant de lire cette œuvre ? Avez-vous changé d'avis au fil de la lecture ?

Si vous avez choisi de présenter *Histoire de Khady Demba. Trois femmes puissantes*, vous pouvez également vous interroger sur les points suivants :

– Quels aspects de ce récit (longueur, focalisation, paradoxes du personnage, dénouement) le rendent particulièrement original ?

– Avez-vous trouvé le personnage de Khady Demba attachant ? Essayez de justifier votre avis.

– Certains éléments du récit vous ont-ils semblé énigmatiques ? Ces aspects mystérieux ont-ils, selon vous, enrichi la lecture ?

– Qu'avez-vous appris à travers le récit de cette jeune migrante ?

– Quel passage de ce récit vous a particulièrement marqué(e) ou ému(e) ?

Vers l'écrit du Bac

Commentaire VOIE GÉNÉRALE

Sujet

Vous commenterez l'extrait d'*À ce stade de la nuit* de Maylis de Kerangal proposé dans le Groupement de textes 2 (p. 127-128).

Problématique

Comment, en reconstituant les circonstances du naufrage, l'écrivaine parvient-elle à esquisser la catastrophe qui s'annonce ?

Introduction

Le naufrage en mer d'un bateau de migrants au large de Lampedusa en octobre 2013 a marqué les esprits par le nombre important de victimes (366 morts). C'est cette catastrophe sans précédent qui a poussé Maylis de Kerangal à prendre la plume et à écrire *À ce stade de la nuit*, publié en 2015. Dans ce texte bref et dense, l'écrivaine mêle souvenirs de films, impressions personnelles, paysages traversés, et propose une méditation sur le nom de Lampedusa. Le passage étudié décrit les prémices de la catastrophe en dépeignant le bateau sur lequel les migrants se sont entassés. Si le naufrage est évoqué dès le début du récit, il apparaît comme un point de fuite, un fait inconcevable, sous l'effet d'une médiatisation qui l'éloigne de la réalité. Nous nous demanderons ainsi comment, en reconstituant par l'imagination les circonstances du naufrage, l'écrivaine parvient à esquisser la catastrophe qui s'annonce. Nous étudierons tout d'abord l'ébauche d'une traversée infernale. Nous analyserons ensuite la reconstitution mentale d'un événement inconcevable.

Plan détaillé

I. L'ébauche d'une traversée infernale

a. Les passagers de l'embarcation sont déshumanisés. Relevez dans la description les détails qui les montrent dans un état d'affaiblissement extrême.

b. Le récit est ponctué de présages inquiétants qui annoncent le naufrage. Montrez-le.

II. La reconstitution mentale d'un événement inconcevable

a. N'ayant pas assisté au naufrage, la narratrice reconstitue par l'imagination la scène. Analysez les expressions qui renvoient à ce processus de recréation.

b. Le navire est décrit de manière de plus en plus précise. Relevez les passages qui opèrent une mise au point, à la manière d'une caméra, comme pour rendre les images plus nettes.

c. Tous les sens du lecteur sont sollicités pour essayer de reconstituer le naufrage. Montrez-le en vous appuyant sur des citations précises du texte.

Conclusion

Dans cet extrait d'*À ce stade de la nuit*, paru deux ans après le drame de Lampedusa, Maylis de Kerangal parvient à esquisser la catastrophe qui s'annonce en reconstituant par l'imagination les circonstances du naufrage. L'écriture du passage, bien que fragmentaire, permet de recréer la traversée infernale. À l'inverse des flashs d'information en continu, qui n'ont pour effet que de désensibiliser le grand public, les pouvoirs de l'imagination et de l'écriture réussissent dans ce texte à toucher le lecteur en incarnant la catastrophe et à créer, indirectement, un tombeau littéraire pour ces disparus en mer.

Commentaire VOIE TECHNOLOGIQUE

Sujet

Vous commenterez l'incipit de *Trois femmes puissantes* proposé dans le Groupement de textes 1 (p. 111-112).

Vous pourrez vous appuyer sur le parcours de lecture suivant:

– vous montrerez d'abord l'aspect fantastique du portrait du père;

– vous étudierez ensuite la fonction de ce portrait, qui suggère la dissolution du lien familial.

Problématique

À quoi tient l'étrangeté de cet incipit ?

Introduction

Les relations père-fille sont au cœur de l'œuvre de Marie NDiaye: la pièce *Papa doit manger* (2003) s'ouvre sur une scène de retrouvailles entre un père, qui a abandonné sa famille dix ans plus tôt, et sa fille qu'il ne parvient pas à reconnaître. Dans l'incipit du premier récit de *Trois femmes puissantes*, paru en 2009, c'est Norah qui ne parvient pas cette fois à reconnaître son père vieillissant. Avocate parisienne, la jeune femme a confié sa fille à son compagnon pour se rendre au Sénégal, à la demande pressante d'un père qui a déserté le foyer quand elle était petite et qu'elle n'a pas vu depuis des années. L'incipit, essentiellement descriptif, présente une scène de retrouvailles dans laquelle Norah découvre son père, sur le seuil de sa maison. Nous nous demanderons à quoi tient l'étrangeté de cet incipit. Nous étudierons tout d'abord le portrait fantastique du père, avant d'analyser comment cette tonalité permet de suggérer la dissolution du lien familial.

Plan détaillé

I. Un portrait à l'aspect fantastique

a. La narratrice insiste sur l'apparition déroutante du personnage du père. Relevez les termes qui signalent que le père est apparu soudainement, de manière imprévisible.

b. Le portrait qui est fait est celui d'un homme-oiseau. Relevez les expressions qui apparentent ce personnage à une créature chimérique, à mi-chemin entre l'homme et l'animal.

c. Finalement, le portrait qui est fait correspond moins à celui d'un homme réel qu'à une représentation imaginaire. Relevez les éléments qui montrent que la scène est rapportée du point de vue subjectif de Norah.

II. La dissolution du lien familial

a. Cette scène de retrouvailles entre un père et sa fille est particulièrement surprenante. Analysez les détails qui la rendent singulière et inattendue.

b. La relation entre Norah et son père est détériorée. Montrez-le en vous appuyant sur des citations précises du texte.

c. Norah porte un regard ambigu sur son père, entre pitié et satire. Étudiez les passages qui témoignent d'un regard empathique de la part de Norah à l'égard de son père, ainsi que les expressions qui laissent transparaître le ridicule du personnage.

Conclusion

En conclusion, l'incipit du premier récit de *Trois femmes puissantes* se caractérise par une inquiétante étrangeté, qui peut déstabiliser le lecteur dès la première page. Celle-ci tient à la tonalité fantastique du portrait du père de la protagoniste, en focalisation interne, qui permet indirectement de suggérer des liens familiaux singuliers, distendus et problématiques. Dans le contrepoint qui suit la première nouvelle, Norah semble finalement avoir rejoint son père, ce « vieil oiseau épais, à la volée malhabile », sur une branche du flamboyant, comme pour laisser entendre la possibilité d'une réconciliation entre les deux êtres.

Méthode BAC

Le commentaire

Exemple : Maylis de Kerangal, *À ce stade de la nuit*

Étape 1 Comprendre le texte

• Lisez le texte avec attention deux ou trois fois pour vous assurer que vous le comprenez totalement et notez vos premières impressions.

→ Appuyez-vous sur le paratexte et sur le titre de l'œuvre : relevez les informations qu'ils vous délivrent sur le contexte d'écriture du texte et sur la visée de l'auteure.

• Déterminez le type du texte et identifiez sa tonalité dominante. Observez la structure du texte et regardez attentivement comment il débute et comment il se clôt.

→ L'extrait est essentiellement descriptif et évoque les passagers clandestins de l'embarcation. Le passage vise à faire advenir progressivement la vision du bateau dans la tête de la romancière, qui ne peut qu'imaginer la scène.

• Ébauchez une problématique que vous pourrez ensuite préciser.

Étape 2 Analyser le texte

• Relisez le texte en identifiant des procédés importants : usage des pronoms personnels, choix des temps des verbes, syntaxe, champs lexicaux dominants, principales figures de style.

→ Ici, l'emploi de la première personne est très significatif. Bien que la narratrice n'ait pas assisté à la scène, puisqu'elle a appris le naufrage du navire à la radio chez elle, elle cherche à rejoindre, par la pensée, la scène du naufrage, comme pour accompagner les passagers dans l'épreuve à venir.

→ L'emploi systématique du pronom « je » révèle les efforts de la romancière pour faire advenir mentalement la représentation du bateau et pour la visualiser avec précision.

→ Le champ lexical des sensations est omniprésent dans le texte. Relevez-le et précisez ce qu'il apporte à la reconstitution de la scène.

→ Intéressez-vous également aux modalisateurs qui décrivent l'état et les finitions du bateau. Que mettent-ils en évidence ?

• Appliquez la méthode de l'analyse littéraire, qui doit associer une citation du texte, le procédé qui lui est associé, et l'effet produit en termes de signification.

Étape 3 Rédiger le commentaire

• Rassemblez les remarques en un plan structuré et progressif qui ne soit pas pour autant linéaire. Exploitez d'abord les éléments qui semblent les plus évidents et développez ensuite les analyses les plus subtiles.

→ Commencez par étudier ce que le texte suggère des conditions insupportables de la traversée, puis montrez comment l'auteur nous donne aussi à lire un exercice de reconstitution mentale.

• Mettez en évidence des idées directrices au sein de vos axes et des arguments dans vos sous-parties pour les organiser précisément.

• Tenez compte de la cohérence avec votre problématique, à laquelle votre plan doit répondre.

→ Ici, interrogez-vous sur la manière dont les passagers sont décrits et dont l'embarcation est présentée pour évoquer les difficultés de la traversée.

→ Essayez aussi de vous représenter la manœuvre de la romancière pour s'approcher du bateau, comme si elle-même avait pris place dans une autre embarcation, pour comprendre comment se construit la représentation de cet événement tragique.

• Rédigez le commentaire en gardant à l'esprit que vous devez justifier l'interprétation du passage que vous proposez : vous devez expliciter votre perception du texte et organiser vos propos. Relisez-vous après chaque paragraphe.

Dissertation VOIE GÉNÉRALE

■ *Sujet*

Dans un article paru le 27 août 2009, dans *Le Figaro*, Patrick Grainville compare Khady Demba, la protagoniste du troisième récit de *Trois femmes puissantes*, à un joyau éclatant.

Vous discuterez cette affirmation à la lumière de votre lecture de *Trois femmes puissantes, le récit de Khady Demba* de Marie NDiaye.

Problématique

Peut-on voir en Khady Demba un personnage lumineux et sans faille ?

Introduction

L'écrivain Laurent Gaudé dépeignait dans *Eldorado* (2006) l'arrivée en Sicile d'une jeune migrante, contrainte d'abandonner son bébé durant la traversée et cherchant à se venger du passeur qui l'avait trahie. Habité par une détermination infaillible, elle incarnait un personnage féminin combatif. À l'inverse, les terribles épreuves subies par Khady Demba, figure centrale du dernier récit de *Trois femmes puissantes* de Marie NDiaye, auraient tendance à l'apparenter à un personnage vulnérable, une victime propre à susciter la pitié du lecteur. Or, on peut lire, sous la plume de Patrick Grainville, dans *Le Figaro* daté du 27 août 2009, que Khady Demba est comparable à un joyau éclatant. Contre toute attente, le critique l'associe à un personnage d'où émane un rayonnement incomparable. Cette analogie entre la jeune femme et une pierre précieuse semble à première vue contredite par les expériences sordides et avilissantes de la jeune veuve, par les circonstances odieuses qui l'entourent. Certes, la protagoniste fait preuve d'une résistance surprenante, pour autant, est-elle une figure incarnant pureté et exemplarité ? Comment comprendre la notion de rayonnement au vu du caractère silencieux et insaisissable de la jeune femme ? Ainsi, il s'agit de se demander si l'on peut voir en Khady Demba un personnage lumineux et sans faille.

Après avoir rappelé en quoi le personnage féminin apparaît avant tout comme un être opaque et touché par la déchéance, nous montrerons comment Khady Demba peut en effet passer pour un personnage rayonnant.

Plan détaillé

I. Khady Demba, un être invisible

a. Le personnage de la jeune veuve est perçu comme impénétrable, opaque. Relevez les éléments dans le récit qui rendent compte de cette dimension insaisissable, de cette difficulté à déchiffrer les pensées et les actes de Khady Demba.

b. Loin d'incarner un personnage éclatant, l'héroïne semble constamment rechercher une forme d'invisibilité. Montrez qu'elle adopte bien souvent une posture passive et qu'elle paraît, par moments, comme un être à la limite de l'effacement.

c. Khady Demba est atteinte par une forme de dégradation physique et mentale. Identifiez les formes variées de cette déchéance à la fin du récit.

II. Khady Demba, un personnage rayonnant et incorruptible

a. Khady Demba fait preuve d'un courage exceptionnel et force l'admiration en conquérant sa liberté. Relevez les marques de cet héroïsme discret et les signes de cette émancipation.

b. Khady est un personnage contradictoire : soumise à l'abjection, elle ne ressent aucune honte. Identifiez les raisons pour lesquelles Khady s'appréhende comme un individu fier, intègre et précieux.

c. L'apothéose de Khady Demba à la fin du récit en fait une figure lumineuse échappant à la noirceur et à la bassesse. Relevez dans l'explicit et le contrepoint des détails qui le prouvent.

Conclusion

À l'instar de Patrick Grainville, nous nous sommes demandé si l'on pouvait voir en Khady Demba, héroïne du dernier récit de *Trois femmes puissantes* de Marie NDiaye, un personnage lumineux et sans faille. Après avoir rappelé combien la jeune veuve s'apparente avant tout à un être opaque et frappé par la déchéance, nous avons montré que Khady Demba peut être envisagée comme un être rayonnant malgré les circonstances. Ainsi, plus encore que Norah et Fanta, protagonistes des deux premiers récits de Marie NDiaye, Khady Demba incarne cette « puissance » paradoxale évoquée dans le titre du roman, cette grâce inattendue, cet héroïsme dans la faiblesse.

Méthode BAC

La dissertation

Étape 1 Analyser le sujet

• Prenez le temps de lire le sujet plusieurs fois et assurez-vous de bien le comprendre. Relevez et définissez les mots-clés. Soyez également attentif(-ive)s à la manière dont la question est formulée et vers quel type de sujet la question vous oriente.

→ Dans le sujet proposé, il est important de définir l'expression «joyau éclatant» pour comprendre en quoi le personnage de Khady peut être ainsi associé à un matériau précieux. N'hésitez pas, en reformulant les mots-clés, à faire la liste des synonymes et des antonymes.

→ En outre, l'injonction «Vous discuterez cette affirmation» vous invite à questionner le sujet, à éventuellement interroger ses limites.

• Reformulez le sujet en une question efficace qui sera la problématique, c'est-à-dire le fil conducteur de votre réflexion.

→ Le critique fait de Khady Demba un personnage resplendissant et lumineux, mais la protagoniste ne contient-elle pas une part d'ombre?

Étape 2 Trouver des idées et élaborer un plan

• Construisez votre plan à partir d'idées maîtresses.

→ Le sujet suppose un traitement dialectique. En général, cela demande de valider la thèse puis de la confronter à un autre point de vue. Ici, il semble toutefois plus intéressant de commencer par nuancer la thèse avant d'en montrer la véracité. Il s'agira de montrer en quoi le personnage de Khady comporte des contradictions avant de confirmer l'idée qu'elle peut être envisagée comme un personnage lumineux, ce sur quoi insiste le titre du roman.

• Trouvez différents arguments et hiérarchisez-les. Essayez de formuler clairement ces arguments en les détaillant grâce à des adjectifs précis.

→ Il vous faudra dans un premier temps montrer en quoi certains aspects de Khady Demba en font une figure romanesque paradoxale. Il faudra ensuite nuancer cette affirmation en expliquant tout ce qui contribue au rayonnement du personnage.

Étape 3 Choisir des exemples et les analyser

• Illustrez votre réflexion en faisant appel à des exemples précis tirés de votre lecture. N'évoquez pas ces exemples de manière allusive, mais prenez le temps de les analyser précisément et de les relier à vos arguments.

• Rédigez la dissertation en soignant la cohérence du propos et en vous assurant de constamment répondre à la question pour éviter le hors-sujet.

• Faites appel à des connecteurs logiques (« d'abord », « en outre », « enfin » pour énumérer des arguments, « cependant », « toutefois », « pourtant » pour nuancer une affirmation).

Fenêtres sur...

Des ouvrages à lire

D'autres romans de Marie NDiaye

- *En famille*, Éditions de Minuit, 1990.
- *La Sorcière*, Éditions de Minuit, 1996.
- *Rosie Carpe*, Éditions de Minuit, 2021.
- *La vengeance m'appartient*, Gallimard, 2021.

Un récit autour de trois figures féminines

- Simone de Beauvoir, *La Femme rompue* [1967], Gallimard, « Folio », 1972.

Pièces de théâtre de Marie NDiaye

- *Papa doit manger*, Éditions de Minuit, 2003.
- *Royan. La professeure de français*, Gallimard, 2021.

Ouvrages critiques

- *Marie NDiaye*, Dominique Rabaté, un livre-CD, Textuel, 2008.
- *Une femme puissante, « l'œuvre de Marie NDiaye »*, sous la direction de Daniel Bengsch et Cornelia Ruhe, Éditions Rodopi B. V., Amsterdam-New-York, 2013.

D'autres récits autour de la migration

- Laurent Gaudé, *Eldorado* [2006], Actes Sud, «Babel», 2007.
- Fatou Diome, *Le Ventre de l'Atlantique* [2005], Le Livre de Poche, 2005.
- Tahar Ben Jelloun, *Partir*, Gallimard, «Folio», 2007.
- Mathilde Chapuis, *Nafar*, Liana Levi, 2019.
- Louis-Philippe Dalembert, *Mur Méditerranée*, Sabine Wespieser, 2019.
- Diane Meur, *Sous le ciel des hommes*, Sabine Wespieser, 2021.

Des pièces de théâtre

- Erri de Luca, *Le Dernier Voyage de Sindbad*, Gallimard, 2002.
- Dea Loher, *Innocence*, L'Arche, 2002.
- Caroline Guiela Nguyen, *Saigon*, théâtre national de Bretagne et compagnie Les Hommes approximatifs, 2016.
- Matéi Visniec, *Migraaaants*, Théâtre contemporain, L'œil du prince, 2017.

Des films à voir

(Toutes les œuvres citées ci-dessous sont disponibles en DVD ou sur Internet.)

- *Sin Nombre*, de Cary Joji Fukunaga, 2009.
- *Terraferma*, d'Emanuele Crialese, 2012.
- *Fuocoammare, par-delà Lampedusa*, documentaire de Gianfranco Rosi, 2015.
- *L'Autre côté de l'espoir*, d'Aki Kaurismäki, 2017.
- *Luciernagas*, de Bani Khoshnoudi, 2018.
- *Atlantique*, de Mati Diop, 2019.

Des émissions de radio et des podcasts à écouter

- Émission « Les Masterclasses de France Culture » avec Marie NDiaye :
  https://www.franceculture.fr/emissions/les-masterclasses/marie-ndiaye-la-presence-dense-et-concrete-de-lailleurs-mempeche-de-le-voir-avec-des-yeux

- Émission « Hors-champs » de France Culture avec Marie NDiaye :
  https://www.franceculture.fr/emissions/hors-champs/marie-n-diaye

- Émission « La Suite dans les idées », par Sylvain Bourmeau sur France Culture, portant sur la « Méditerranée noire : des femmes dans la mer frontière » :
  https://www.franceculture.fr/emissions/la-suite-dans-les-idees/la-suite-dans-les-idees-emission-du-samedi-05-decembre-2020

- Émission « La Grande Table des idées », par Olivia Gesbert sur France Culture, portant sur les « Migrantes, damnées de la mer puis de la terre » :
  https://www.franceculture.fr/emissions/la-grande-table-idees/migrantes-damnees-de-la-mer-puis-de-la-terre

À propos de ses romans

- https://www.franceinter.fr/emissions/prix-du-livre-inter/marie-ndiaye

- Podcast d'un opéra coécrit par Marie NDiaye et Hèctor Parra, traitant de l'exil d'une femme :
  https://www.francemusique.fr/emissions/le-concert-contemporain/te-craindre-en-ton-absence-de-marie-ndiaye-et-hector-parra-aux-bouffes-du-nord-23567

@ Des sites Internet à consulter

- Adaptation théâtrale du récit de Khady Demba dans *Trois femmes puissantes* :
  https://www.theatre-paris-villette.fr/spectacle/khady-demba

- Site du musée national de l'Histoire de l'immigration :
  http://www.histoire-immigration.fr
  https://www.histoire-immigration.fr/ressources/histoire-de-l-immigration/le-film-deux-siecles-d-histoire-de-l-immigration-en-france

Des chansons à écouter

- « Tombés des nues », *Essence ordinaire*, Zebda, 1998.
- « Gibraltar », *Gibraltar*, Abd Al Malik, 2006.
- « Où allez-vous ? », *L'Africain*, Tiken Jah Fakoly, 2007.
- « Paris métèque », *Rythmes et botanique*, Gaël Faye, 2017.
- « La ballade des clandestins », *Soleil dedans*, Arthur H., 2014.
- « African melancholia », *Crave*, Léonie Pernet, 2018.

Pour obtenir plus d'informations, bénéficier d'offres spéciales enseignants ou nous communiquer vos attentes, renseignez-vous sur **www.collection-classico.com** ou envoyez un courriel à **contact.classico@editions-belin.fr**

Cet ouvrage a été composé par Palimpseste à Chevreuse.
La pâte à papier utilisée pour la fabrication du papier de cet ouvrage provient de forêts certifiées et gérées durablement.
Imprimé en Espagne par Novoprint (Barcelone)
Dépôt légal : mai 2022 – N° d'édition : 03582257-01

PEFC PEFC/14-38-00277